caballos

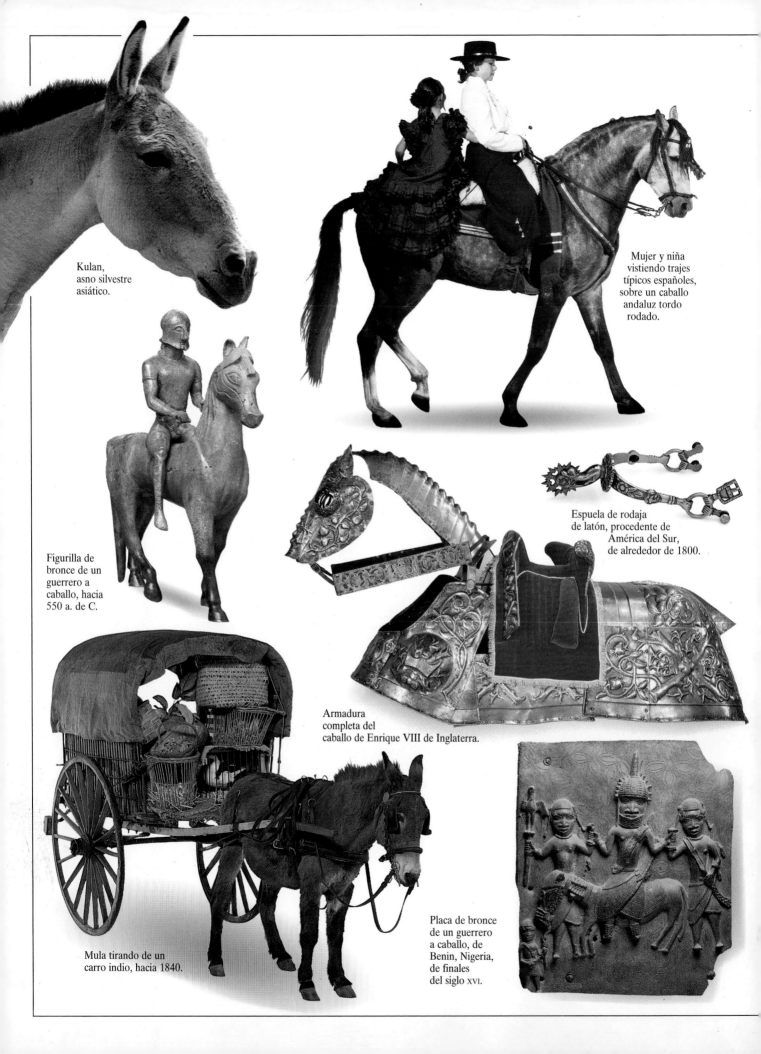

Kulan,
asno silvestre
asiático.

Mujer y niña
vistiendo trajes
típicos españoles,
sobre un caballo
andaluz tordo
rodado.

Figurilla de
bronce de un
guerrero a
caballo, hacia
550 a. de C.

Espuela de rodaja
de latón, procedente de
América del Sur,
de alrededor de 1800.

Armadura
completa del
caballo de Enrique VIII de Inglaterra.

Mula tirando de un
carro indio, hacia 1840.

Placa de bronce
de un guerrero
a caballo, de
Benin, Nigeria,
de finales
del siglo XVI.

BIBLIOTECA VISUAL ALTEA

caballos

por
Juliet Clutton-Brock

Pata con dos
dedos laterales
del fósil de
Anchitherium.

Herradura y clavos
viejos quitados
del casco de un
caballo.

Cebra de montaña

Herrando a un caballo Shire

Tordo saltando

ALTEA

2.ª reimpresión: Marzo 1994

Caballo del
tambor y jinete

Burrito irlandés
tirando de un carro,
de alrededor de 1850.

Arquero a caballo,
hacia el siglo v a. de C.

Dos caballos salvajes de Przewalski

Carruaje francés de hacia 1880

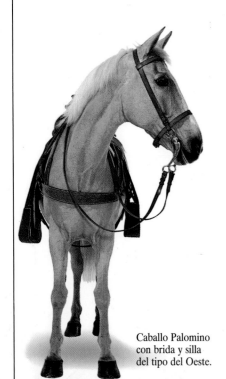

Caballo Palomino
con brida y silla
del tipo del Oeste.

Pareja de tordos
con faetón inglés,
hacia 1840.

DK

A DORLING KINDERSLEY BOOK

Consejo editorial:

Londres:
Peter Kindersley, Marion Dent,
Jutta Kaiser-Atcherley, Helen Parker,
Julia Harris, Louise Barratt, Diana Morris.

París:
Pierre Marchand, Jean-Olivier Héron,
Christine Baker, Anne de Bouchony,
Catherine de Sairigné-Bon.

Madrid:
María Puncel, Juan José Vázquez.

Traducido por Ignacia de Bustamante.

Título original: Eyewitness Encyclopedia.
Volume 33: Horse.

Publicado originalmente en 1992 en Gran Bretaña
por Dorling Kindersley Limited, 9 Henrietta St.,
London WC2E 8PS,

y en Francia por Éditions Gallimard, 5 rue Sébastien
Bottin, 75008 Paris.

Copyright © 1992 by Dorling Kindersley Limited, Londres,
y Éditions Gallimard, París.

© 1992, Santillana, S. A.,
de la presente edición en lengua española.
Elfo, 32. 28027 Madrid.
ISBN: 84-372-3766-1.

Printed in Singapore by Toppan Printing Co. (S) Pte Ltd.

Sumario

Pareja de Güeldress holandeses
tirando de una galera.

6
La familia de los equinos
8
Cómo evolucionaron los caballos
10
Huesos y dientes
12
Los sentidos y el comportamiento
14
Yeguas y potros
16
Los asnos salvajes
18
Una piel rayada
20
Los remotos antepasados
22
Los caballos en la Historia
24
Un trabajo de burros
26
Mulos y burdéganos
28
Las herraduras y el herraje
30
Bocados y otros arreos
32
La exploración a caballo
34
A las Américas
36
De vuelta al estado primitivo
38
Caballos del mundo entero

40
Más razas y colores
42
Caballos para la guerra
44
La época de los caballeros
46
Viajes a caballo
48
Vehículos arrastrados por caballos
50
Los caballos pesados
52
El caballo de vapor
54
Trabajo de tiro ligero
56
El caballo en América del Norte
58
El caballo en el deporte
60
Caballos de carreras
62
Los ponies útiles
64
Índice y agradecimientos

La familia de los equinos

LOS CABALLOS, ASNOS Y CEBRAS pertenecen todos a una familia de mamíferos llamada *Equidae*. Se les llama animales «de dedos impares» porque tienen solamente una pezuña en cada pata, mientras que las vacas y ciervos tienen dos pezuñas y se les llama «de dedos pares». Los *Equidae* están clasificados dentro del orden *Peryssodactyla* junto con sus parientes más cercanos, los rinocerontes y tapires. Todos los miembros de la familia caballar (los équidos) se alimentan pastando yerba y matorral, viven al aire libre y son corredores rápidos, puesto que dependen de la velocidad para escapar de los predadores. Todos ellos, enormemente sociales (págs. 12-13), viven en grupos familiares unidos en una manada. Suelen viajar a grandes distancias en busca de alimento o agua, o para escapar de las moscas y mosquitos que los acosan durante la época calurosa. Aunque existe una gran variedad de tamaños entre las distintas razas del caballo doméstico (págs. 38-41), todos pertenecen a una única especie: *Equus caballus*. Se dice que es un «pony» al caballo que no alcanza los 147 cm. de altura. Las diferentes partes de un caballo tienen nombres distintos y se llaman los «puntos» de un caballo.

Al paso, al paso, al paso. Al trote, al trote, al trote. ¡Al galope, al galope, al galope! Los caballos-mecedora de madera con patas sobre muelles, o balancines, han sido juguetes tradicionales durante cientos de años.

Crin

Cruz

Copete

Lucero blanco

Músculos del cuello bien desarrollados, que se usan para arrastrar cargas pesadas.

Grupa ancha

Hocico

Costillas

Maslo

Cinchera

Flanco

Tendón de la corva

Caña

Extremo del hombro

Pecho

Cuello fuerte

Cerneja

Corvejón

Codo

Antebrazo

Rodilla

Dentro de las razas antiguas de estos caballitos, el pony de Shetland es la más pequeña. Este ejemplar, de siete años de edad, mide 81 cm y es un animal resistente que necesita poco alimento y puede transportar cargas pesadas por malos caminos o en la granja (págs. 62-63). Aunque es de pequeño tamaño, el temperamento impredecible del pony de Shetland lo hace inapropiado como montura para los niños.

Cola muy larga y poblada

Cuartilla

Casco pequeño y fino.

Corona del casco

Ausencia de copete

Orejas grandes con puntas oscuras

Cabeza maciza

Crin corta y tiesa

Hocico oscuro

Orejas grandes y tiesas

Típico hocico blanco

Color castaño claro entre las rayas negras.

Además del caballo, los otros miembros de la familia equina son los asnos salvajes de Asia, u onagros (págs. 16-17), el asno salvaje africano (págs. 16-17), que es el antepasado del burro doméstico (págs. 24-25), y las cebras (págs. 18-19).

Panza de color claro

Hocico oscuro

Kulan: un tipo de asno salvaje asiático

Burro del Poitou

Madre y potrillo de cebra común, o de las llanuras.

Lomo ancho

Grupa muy robusta

CÓMO MEDIR LA ALTURA DE UN CABALLO

La altura de un caballo se mide en «manos». Una mano, literalmente la anchura de una mano abierta, equivale a 10,16 cm. Si un caballo mide 15,2 manos, entonces tiene 157 cm de altura. Esta medida se toma desde el pie hasta el punto más alto del hombro, que se llama la «cruz».

La cola suele estar amputada

El caballo Shire se crió por primera vez en las Midlands de Inglaterra para el trabajo en las granjas y para arrastrar pesos grandes (págs. 50-53). A esta raza se la distingue por su enorme tamaño y por el pelo largo, o «plumas», alrededor de las pezuñas. El caballo que aquí se muestra se llama King y ostenta el récord del caballo más alto del mundo. Mide hasta la cruz 198 cm.

Patas velludas

El unicornio era un caballo mítico que poseía un largo cuerno en medio de la frente. En heráldica, este «caballo» lucía cola de león, cascos hendidos y un cuerno retorcido en espiral.

Un casco enorme

África ha dado al mundo muchísimos miembros de la familia equina, desde las cebras a los asnos salvajes. Cuando los europeos exploraron este vasto continente, llevaron consigo sus caballos domesticados para usarlos como transporte. Esta elaborada escultura de madera de figuras humanas y de animales (incluyendo a los caballos) es obra del pueblo Ibo en Nigeria, África occidental.

Cómo evolucionaron los caballos

La FAMILIA ACTUAL de los caballos, asnos y cebras (équidos) tardó alrededor de 55 millones de años en evolucionar a partir del primer antepasado parecido al caballo: el originalmente llamado *Eohippus*, o «caballo de los albores» —porque vivió durante el Eoceno (hace 54 millones de años)—, conocido ahora como *Hyracotherium*. Este caballo primitivo no era mucho mayor que una liebre. Era un animal «ramoneador» —que se alimentaba de hojas y plantas— y tenía cuatro pesuños en las patas delanteras y tres en las traseras. Vivía en los bosques de Europa, América del Norte y Asia Oriental. Gradualmente y a lo largo de millones de años este animal pequeño fue cambiando hasta convertirse en un mamífero que «pastaba» (que comía hierba) con tres pesuños, y más tarde con un único casco, en todas las patas. Al principio, los caballos ramoneadores, tal como el *Mesohippus* y luego el *Parahippus*, tenían muelas de corona baja (págs. 10-11), pero durante el Mioceno (hace 20 millones de años) los pastizales comenzaron a reemplazar a los bosques en América del Norte. Al adaptarse a este nuevo medio, los caballos ancestrales desarrollaron extremidades más largas que les permitían recorrer amplias extensiones en busca de pastos y también escapar de sus predadores. Al mismo tiempo, sus muelas fueron adquiriendo coronas altas para adaptarse a la alimentación de hierbas duras. El primer caballo en pacer fue el *Merychippus*, pero con el tiempo fue reemplazado por el *Pliohippus*, el primer caballo de un solo dedo. Éste dio origen al *Equus* durante el Pleistoceno (hace unos dos millones de años).

Dedo lateral

Pesuño del dedo lateral.

Centro del casco

Vista lateral de la pata trasera izquierda del *Hipparion*

Dedo lateral izqdo.

Dedo lateral derecho.

Pesuño del pequeño dedo lateral.

Centro del casco.

Hueso del oído.

Órbita o hueco ocular.

Vista frontal de la pata trasera del *Hipparion*

Incisivo para cortar el alimento

Hueso nasal

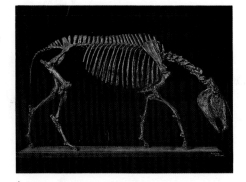

Este es el esqueleto del *Hippidion*, un équido extinto de una pezuña que se desarrolló en América Central y luego se extendió a Suramérica. Su descendiente, el *Onohippidium*, sobrevivió en Suramérica al menos hasta hace 12.000 años, cuando probablemente su extinción se viera acelerada por la llegada de los primeros cazadores humanos que recorrieron el continente a finales de la Era Glacial.

El *Hipparion* (arriba, vista lateral del cráneo) fue el último de los équidos con tres pesuños. Sus dientes de corona alta le permitían pastar con gran eficiencia y sus restos fósiles han sido hallados en muchas partes de Europa, Asia y África. El *Hipparion* no llegó a extinguirse en África hasta hace unos 125.000 años.

Incisivo perdido

De cuatro dedos

De tres dedos

De tres dedos

De un dedo

Equus

Pliohippus

Merychippus

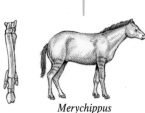

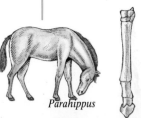
Parahippus

COMEDORES DE HIERBA

8

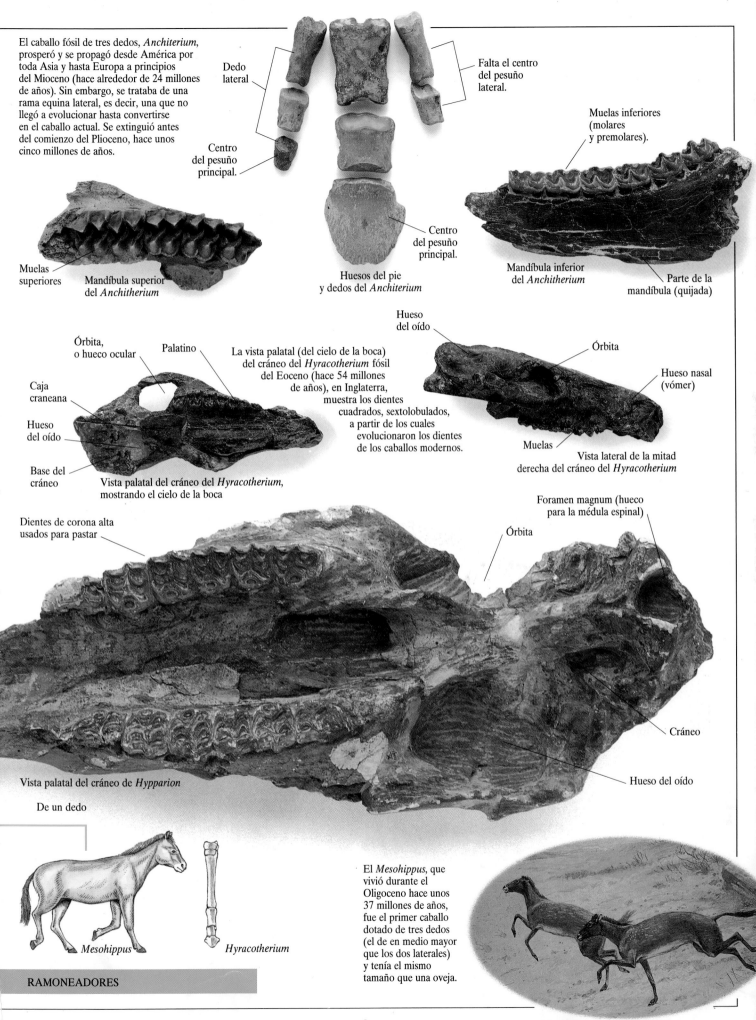

El caballo fósil de tres dedos, *Anchiterium*, prosperó y se propagó desde América por toda Asia y hasta Europa a principios del Mioceno (hace alrededor de 24 millones de años). Sin embargo, se trataba de una rama equina lateral, es decir, una que no llegó a evolucionar hasta convertirse en el caballo actual. Se extinguió antes del comienzo del Plioceno, hace unos cinco millones de años.

Dedo lateral

Falta el centro del pesuño lateral.

Centro del pesuño principal.

Centro del pesuño principal.

Muelas inferiores (molares y premolares).

Muelas superiores

Mandíbula superior del *Anchitherium*

Huesos del pie y dedos del *Anchitherium*

Mandíbula inferior del *Anchitherium*

Parte de la mandíbula (quijada)

Órbita, o hueco ocular

Palatino

Caja craneana

Hueso del oído

Base del cráneo

La vista palatal (del cielo de la boca) del cráneo del *Hyracotherium* fósil del Eoceno (hace 54 millones de años), en Inglaterra, muestra los dientes cuadrados, sextolobulados, a partir de los cuales evolucionaron los dientes de los caballos modernos.

Vista palatal del cráneo del *Hyracotherium*, mostrando el cielo de la boca

Hueso del oído

Órbita

Hueso nasal (vómer)

Muelas

Vista lateral de la mitad derecha del cráneo del *Hyracotherium*

Dientes de corona alta usados para pastar

Foramen magnum (hueco para la médula espinal)

Órbita

Cráneo

Vista palatal del cráneo de *Hypparion*

Hueso del oído

De un dedo

Mesohippus

Hyracotherium

El *Mesohippus*, que vivió durante el Oligoceno hace unos 37 millones de años, fue el primer caballo dotado de tres dedos (el de en medio mayor que los dos laterales) y tenía el mismo tamaño que una oveja.

RAMONEADORES

9

Caja craneana

Órbita ocular

Molar superior

Nasal

Premolar superior

Incisivo usado para cortar el alimento.

Premolar inferior

Mandíbula inferior, o quijada.

Molar inferior

Atlas

Axis

Vértebra del cuello

Dientes de un caballo de 15 años mostrando las señales del desgaste.

A medida que el caballo va envejeciendo, sus incisivos cambian de ovales a redondos, a triangulares y, finalmente, a cuadrados y aplanados. También con la edad, las encías del caballo se retraen (de manera que se le «ponen los dientes largos») y se le desgastan los dientes. Con todos estos indicios, los expertos pueden averiguar la edad del caballo.

Espina de la vértebra, donde se unen la columna vertebral y el cuello.

Escápula

Húmero

Huesos y dientes

E<small>L ESQUELETO DE TODOS LOS MIEMBROS</small> de la familia equina está construido para ser veloz y vigoroso. Todos los équidos salvajes recorren enormes extensiones de pastizales y, para escapar de los predadores, galopan velozmente y poseen un sentido de la vista extraordinariamente agudo. El cráneo del caballo tiene que ser muy alargado para contener la gran batería de muelas trituradoras necesarias para masticar la hierba. La columna vertebral mantiene rígida la espalda, la caja torácica protege el corazón y los pulmones, y los huesos de las extremidades son larguísimos. Una característica peculiar de los équidos es que corren apoyándose en un solo dedo. Éste equivale al tercer dedo del pie del hombre, mientras que los dedos segundo y cuarto están reducidos a finos sobrehuesos y los dedos primero y quinto se han perdido del todo. Un potrillo al nacer puede no tener dientes, pero enseguida brota con fuerza la dentición de leche a través de los blandos maxilares. Los dientes de leche son temporales y con el tiempo son reemplazados por los dientes adultos o permanentes. Un équido adulto tiene normalmente 40 piezas dentales —12 incisivos, 4 caninos, 12 premolares y 12 molares—, pero en la hembra los caninos son muy pequeños. Con la edad, los dientes de los caballos se van desgastando gradualmente, cambian de forma y se vuelven muy descoloridos.

En 1776, el artista británico George Stubbs (1724-1806) publicó un libro titulado *La anatomía del caballo*, que 200 años más tarde aún se usa como una clásica obra de consulta. Para poder mostrar la estructura ósea del caballo con precisión, tuvo que diseccionar gran cantidad de ellos.

Esqueleto de un caballo de carreras

Radio

Rodilla

Metacarpo, o caña anterior.

Primera falange, o cuartilla larga.

Segunda falange, o cuartilla corta.

Casco

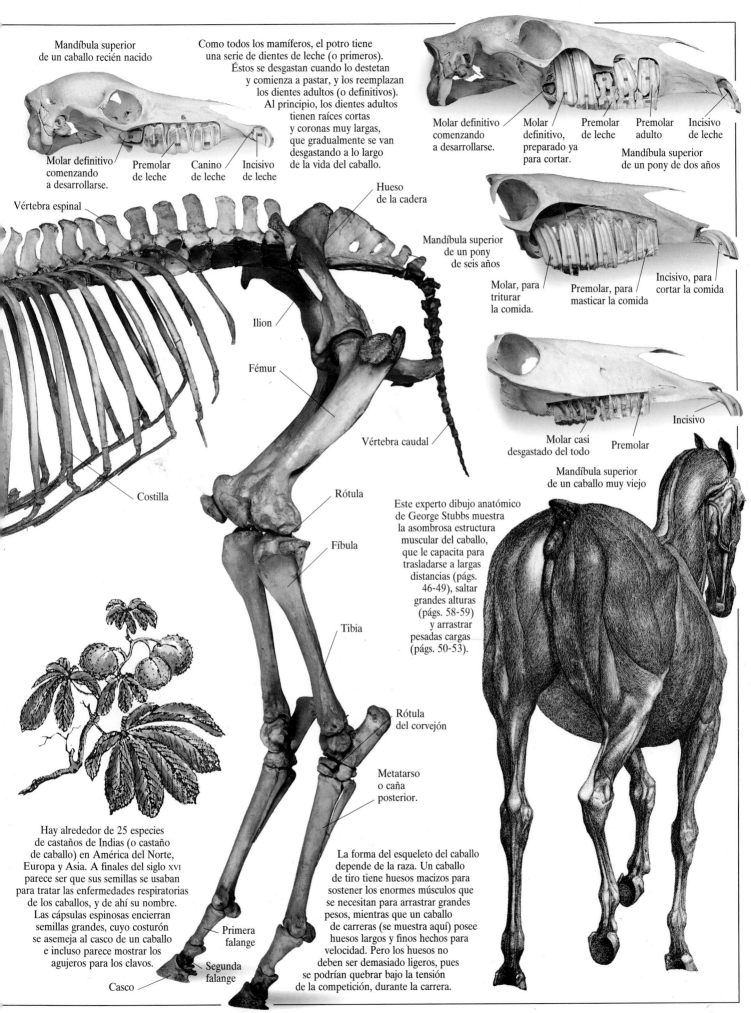

Mandíbula superior
de un caballo recién nacido

Como todos los mamíferos, el potro tiene
una serie de dientes de leche (o primeros).
Éstos se desgastan cuando lo destetan
y comienza a pastar, y los reemplazan
los dientes adultos (o definitivos).
Al principio, los dientes adultos
tienen raíces cortas
y coronas muy largas,
que gradualmente se van
desgastando a lo largo
de la vida del caballo.

Molar definitivo
comenzando
a desarrollarse.

Premolar
de leche

Canino
de leche

Incisivo
de leche

Molar definitivo
comenzando
a desarrollarse.

Molar
definitivo,
preparado ya
para cortar.

Premolar
de leche

Premolar
adulto

Incisivo
de leche

Mandíbula superior
de un pony de dos años

Vértebra espinal

Hueso
de la cadera

Mandíbula superior
de un pony
de seis años

Ilion

Fémur

Molar, para
triturar
la comida.

Premolar, para
masticar la comida

Incisivo, para
cortar la comida

Vértebra caudal

Costilla

Rótula

Fíbula

Molar casi
desgastado del todo

Premolar

Incisivo

Mandíbula superior
de un caballo muy viejo

Este experto dibujo anatómico
de George Stubbs muestra
la asombrosa estructura
muscular del caballo,
que le capacita para
trasladarse a largas
distancias (págs.
46-49), saltar
grandes alturas
(págs. 58-59)
y arrastrar
pesadas cargas
(págs. 50-53).

Tibia

Rótula
del corvejón

Metatarso
o caña
posterior.

Hay alrededor de 25 especies
de castaños de Indias (o castaño
de caballo) en América del Norte,
Europa y Asia. A finales del siglo XVI
parece ser que sus semillas se usaban
para tratar las enfermedades respiratorias
de los caballos, y de ahí su nombre.
Las cápsulas espinosas encierran
semillas grandes, cuyo costurón
se asemeja al casco de un caballo
e incluso parece mostrar los
agujeros para los clavos.

Primera
falange

Segunda
falange

Casco

La forma del esqueleto del caballo
depende de la raza. Un caballo
de tiro tiene huesos macizos para
sostener los enormes músculos que
se necesitan para arrastrar grandes
pesos, mientras que un caballo
de carreras (se muestra aquí) posee
huesos largos y finos hechos para
velocidad. Pero los huesos no
deben ser demasiado ligeros, pues
se podrían quebrar bajo la tensión
de la competición, durante la carrera.

Los sentidos y el comportamiento

LOS CABALLOS, ASNOS Y CEBRAS tienen muchísimo más desarrollados los sentidos de la vista, oído y olfato que los hombres. La característica cara larga del caballo es necesaria no sólo por los grandes dientes, sino porque también contiene los órganos sensitivos del olfato. Los ojos están situados en la parte superior del cráneo y colocados a ambos lados de la cabeza, de forma que el caballo tiene una visión de todo su alrededor, incluso cuando está pastando. Las orejas son grandes, y en los asnos muy largas, de manera que pueden moverse en todas direcciones y orientarse hacia el más ligero ruido. Por naturaleza, el caballo es un animal gregario que muestra gran afecto a los otros miembros de su grupo, y esta lealtad se transfiere fácilmente a la persona que sea su amo. Una vez que se establece este vínculo, el caballo tratará con todas sus fuerzas de cumplir lo que se le ordene, por muy duro que sea. Como resultado de esto, en la historia del hombre a los caballos se les ha usado de forma cruel y asimismo se les ha amado intensamente, quizá más que a ningún otro animal. A pesar de su estrecha relación con los humanos, el caballo doméstico y el burro aún conservan los instintos y las pautas de comportamiento naturales de sus antecesores en estado salvaje. Defienden su territorio y amamantan a sus potrillos exactamente igual que lo hacen el caballo y el asno salvajes, y siempre estarán necesitados de compañía.

Este pony se está dando un buen revolcón, que es una parte importante de su aseo. Le relaja los músculos y sirve para librarle del pelo desprendido, la suciedad y los parásitos.

Las orejas dirigidas hacia atrás muestran furia o temor

Las orejas hacia adelante muestran interés por lo que le rodea

Una oreja hacia adelante y otra hacia atrás muestran incertidumbre

Las orejas de un équido tienen un doble papel: percibir los sonidos y transmitir señales visuales. Si una mula (vista aquí) echa las orejas hacia atrás, está atemorizada o furiosa. Si es hacia adelante, entonces es que está interesada en lo que sucede a su alrededor, tal como el repique de un cubo de comida. Una oreja hacia adelante y otra hacia atrás significan que no sabe bien qué va a pasar después.

Orejas caídas hacia atrás, mostrando cólera.

Amenaza de coz

Las orejas caídas hacia atrás y las coces amenazadoras muestran que estos kulans, u onagros (págs. 16-17), no se llevan demasiado bien.

Cebra llamando a los otros animales de la manada para avisarles de un peligro.

Las luchas levantándose de manos y asestándose golpes con los cascos delanteros son naturales en todos los équidos. Sin embargo, quizá prefieren arreglar sus diferencias amenazando con las orejas, colas y patas, y usando otro lenguaje corporal. Los sementales y los capones (machos castrados) suelen luchar por el territorio o para proteger a sus hembras, como ocurre con estos ponies de Islandia.

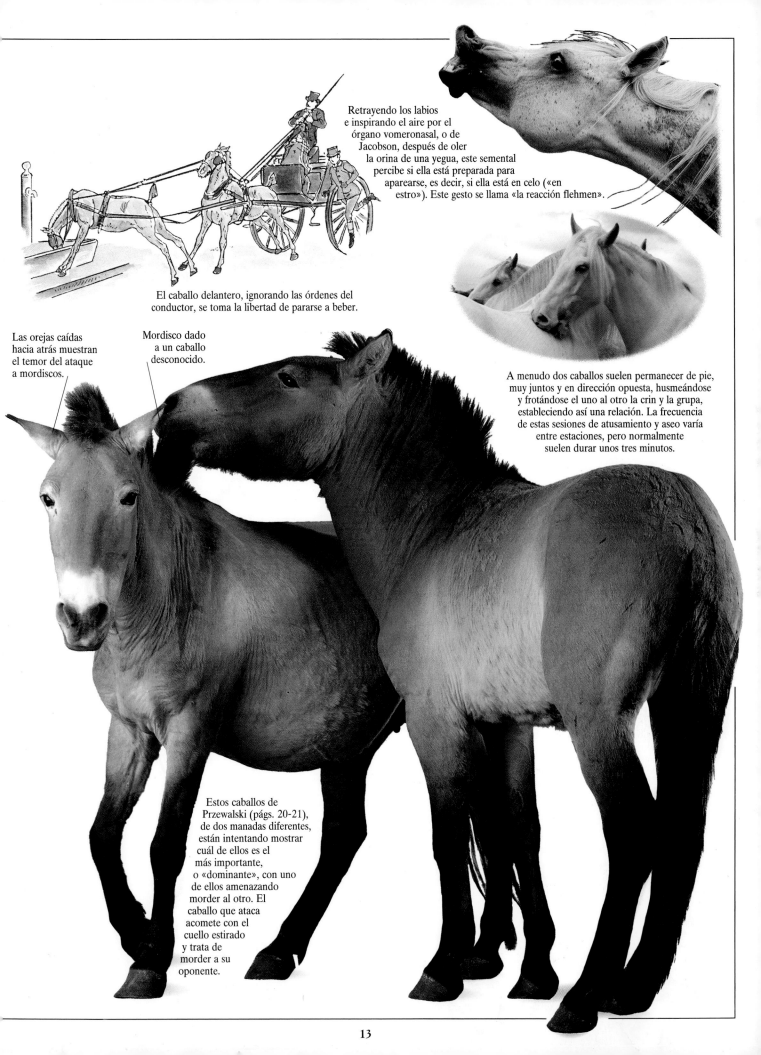

Retrayendo los labios e inspirando el aire por el órgano vomeronasal, o de Jacobson, después de oler la orina de una yegua, este semental percibe si ella está preparada para aparearse, es decir, si ella está en celo («en estro»). Este gesto se llama «la reacción flehmen».

El caballo delantero, ignorando las órdenes del conductor, se toma la libertad de pararse a beber.

A menudo dos caballos suelen permanecer de pie, muy juntos y en dirección opuesta, husmeándose y frotándose el uno al otro la crin y la grupa, estableciendo así una relación. La frecuencia de estas sesiones de atusamiento y aseo varía entre estaciones, pero normalmente suelen durar unos tres minutos.

Las orejas caídas hacia atrás muestran el temor del ataque a mordiscos.

Mordisco dado a un caballo desconocido.

Estos caballos de Przewalski (págs. 20-21), de dos manadas diferentes, están intentando mostrar cuál de ellos es el más importante, o «dominante», con uno de ellos amenazando morder al otro. El caballo que ataca acomete con el cuello estirado y trata de morder a su oponente.

13

Yeguas y potros

UNA YEGUA, ASNO O CEBRA MADRE suele parir una cría muy bien desarrollada después de una preñez («período de gestación») de un año, o poco más. Las yeguas se aparean con un caballo padre y dan a luz un año después en primavera, de forma que todos los potros nacen al mismo tiempo, cuando hay pastos nuevos. El período de gestación dura hasta un año, pues la madre debe producir un potrillo sano (o gemelos muy rara vez) lo suficientemente fuerte para seguir al rebaño ambulante desde que nace. Esto es necesario porque los asnos (págs. 16-17), cebras (págs. 18-19) y caballos son todos animales que pacen, que viven en vastas extensiones donde el alimento puede ser escaso, y donde los animales jóvenes pueden ser un blanco fácil para los grandes predadores, tales como los leones en África. El potro se pone de pie una hora después de nacer y, aunque la yegua continuará amamantando durante un año a su cría, ésta comenzará a comer hierba a las pocas semanas. Entre las edades de uno a cuatro años, a una cría hembra se le llama «potranca» y al macho, «potro». En estado salvaje, las potrancas y los potros abandonarán los rebaños maternos para formar sus propios grupos nuevos cuando lleguen a la madurez.

El abultado vientre de esta yegua Palomino (págs. 38-39) es señal de que pronto parirá. Las yeguas de ponies y de caballos salvajes paren rápidamente, pero las de razas muy seleccionadas suelen necesitar una atención experta en caso de que algo vaya mal.

Esta yegua descansa unos minutos después de dar a luz a su cría, cuyo lomo aún está parcialmente cubierto por el saco amniótico, o placenta. Pronto el potrillo se separará pateando de su madre, rompiéndose el cordón umbilical que hasta el momento le había proporcionado el alimento en el útero (vientre).

La yegua se ha levantado y desprende la placenta, lamiendo a la cría por todos lados. Esto también favorece la circulación y la respiración del potrillo.

Tan pronto como se pueda mantener en pie, el potrillo buscará las ubres de su madre entre las patas traseras y comenzará a mamar. La primera leche se llama «calostro» y contribuye a reforzar el sistema inmunitario del potro para toda la vida.

Las orejas erguidas del potrillo muestran que está alerta.

Esta cría de cebra tardará casi tres años en alcanzar el tamaño de su madre (págs. 18-19). Los lazos familiares de las cebras son muy fuertes y todos los adultos se unen para proteger a sus potros del peligro.

La madre empuja a la cría para alejarla de un peligro

Cebra de seis años con su cría de tres meses

Mientras la madre vigila por si hay peligro, el potrillo da sus primeros pasos vacilantes.

Orejas alertas a la
escucha del peligro

Aunque esta yegua
Shire (págs. 50-53)
desciende de caballos
que son domésticos
desde hace miles
de años (págs. 22-23),
aún conserva los
instintos de sus
antepasados salvajes
y se mantiene en
guardia contra
cualquier posible
peligro para
su cría.

Una cría se pone de pie una
hora después del nacimiento
y debe tratar de mantenerse
al paso de su madre,
especialmente en la salvaje
en los grandes espacios
abiertos.

Altura de
180 cm a la cruz

El hocico de la
madre protege
al potrillo.

Altura
de 117 cm
a la cruz.

Yegua Shire de diez años
con su cría de cinco semanas

Como todos los bebés,
el potrillo necesita descansar
mucho, pero puede levantarse muy
rápidamente en caso de peligro.

Los asnos salvajes

Hᴀʏ ᴛʀᴇs ᴇsᴘᴇᴄɪᴇs de asno salvaje y no están más emparentados entre sí que el caballo con la cebra. Pueden reproducirse entre ellos, pero sus crías serán estériles (págs. 18-19). Las tres especies son el auténtico asno salvaje de África (*Equus africanus*), que hasta hace poco se extendía por el desierto de Sahara, en el norte de África, y las dos especies de asnos salvajes asiáticos —el onagro (*Equus hemionus*), procedente de Oriente Medio e India noroccidental, y el kiang (*Equus kiang*) de la meseta del Tíbet, al norte del Himalaya—. De estas tres especies, el asno salvaje africano es el antepasado del burro (págs. 24-25). Todos los asnos salvajes se parecen mucho, con una cabeza más bien grande, orejas largas, crin corta, ausencia de copete, patas esbeltas y cola como una escobilla. El asno salvaje africano es de color gris, con panza blanca y una lista oscura a lo largo del lomo, y a menudo suele tener rayas horizontales rodeando las patas y una banda negra sobre los hombros. Los asnos salvajes asiáticos son de un color más rojizo, pero nunca tienen rayas en las patas u hombros, aunque sí tienen una raya oscura a lo largo del lomo. Todos los asnos salvajes están adaptados para la vida en los ambientes áridos y pedregosos de los semidesiertos y mesetas de África y Asia, donde se alimentan de plantas espinosas y hierba seca. Actualmente, todos los asnos salvajes están amenazados de extinción a causa de la pérdida de su hábitat y de la caza abusiva por parte del hombre.

Las escenas de arriba: captura de onagros salvajes vivos, de alrededor de 645 a. de C., proceden de los frescos de piedra que adornaban el palacio de Nínive, en Asiria. A estos onagros sirios (extinguidos actualmente) quizá los capturaban para cruzarlos con burros o caballos domésticos.

Cola larga terminada en escobilla

Patas esbeltas de color claro

Hasta tiempos recientes había varias razas de asnos salvajes africanos. El asno salvaje de Somalia (*Equus africanus somaliensis*), el único asno que sobrevive en estado natural, suele tener rayas alrededor de las patas pero no en los hombros. Se han llevado estos asnos a una reserva biológica en Israel para tratar de salvar la especie, nativa de Etiopía y Somalia, países azotados por la guerra.

El asno salvaje de Nubia (*Equus africanus africanus*) está actualmente extinguido. Se diferenciaba del de Somalia por tener una raya oscura, muy corta, a lo largo de los hombros y carerer de rayas horizontales en las patas.

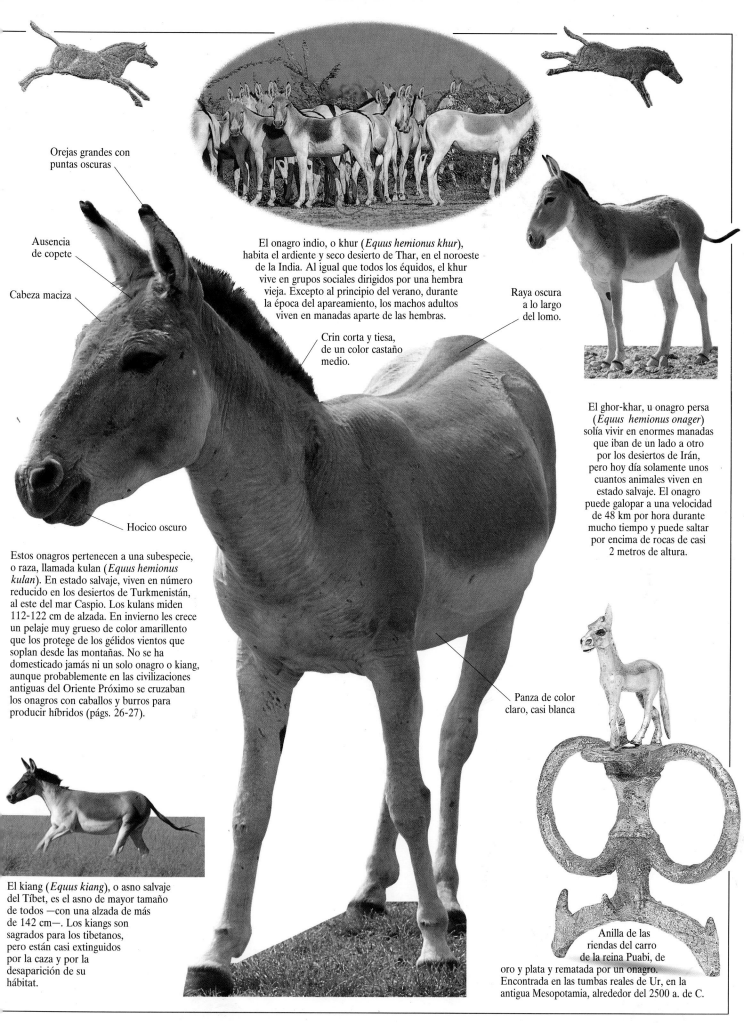

Orejas grandes con
puntas oscuras

Ausencia
de copete

Cabeza maciza

Hocico oscuro

El onagro indio, o khur (*Equus hemionus khur*),
habita el ardiente y seco desierto de Thar, en el noroeste
de la India. Al igual que todos los équidos, el khur
vive en grupos sociales dirigidos por una hembra
vieja. Excepto al principio del verano, durante
la época del apareamiento, los machos adultos
viven en manadas aparte de las hembras.

Crin corta y tiesa,
de un color castaño
medio.

Raya oscura
a lo largo
del lomo.

El ghor-khar, u onagro persa
(*Equus hemionus onager*)
solía vivir en enormes manadas
que iban de un lado a otro
por los desiertos de Irán,
pero hoy día solamente unos
cuantos animales viven en
estado salvaje. El onagro
puede galopar a una velocidad
de 48 km por hora durante
mucho tiempo y puede saltar
por encima de rocas de casi
2 metros de altura.

Estos onagros pertenecen a una subespecie,
o raza, llamada kulan (*Equus hemionus
kulan*). En estado salvaje, viven en número
reducido en los desiertos de Turkmenistán,
al este del mar Caspio. Los kulans miden
112-122 cm de alzada. En invierno les crece
un pelaje muy grueso de color amarillento
que los protege de los gélidos vientos que
soplan desde las montañas. No se ha
domesticado jamás ni un solo onagro o kiang,
aunque probablemente en las civilizaciones
antiguas del Oriente Próximo se cruzaban
los onagros con caballos y burros para
producir híbridos (págs. 26-27).

Panza de color
claro, casi blanca

El kiang (*Equus kiang*), o asno salvaje
del Tíbet, es el asno de mayor tamaño
de todos —con una alzada de más
de 142 cm—. Los kiangs son
sagrados para los tibetanos,
pero están casi extinguidos
por la caza y por la
desaparición de su
hábitat.

Anilla de las
riendas del carro
de la reina Puabi, de
oro y plata y rematada por un onagro.
Encontrada en las tumbas reales de Ur, en la
antigua Mesopotamia, alrededor del 2500 a. de C.

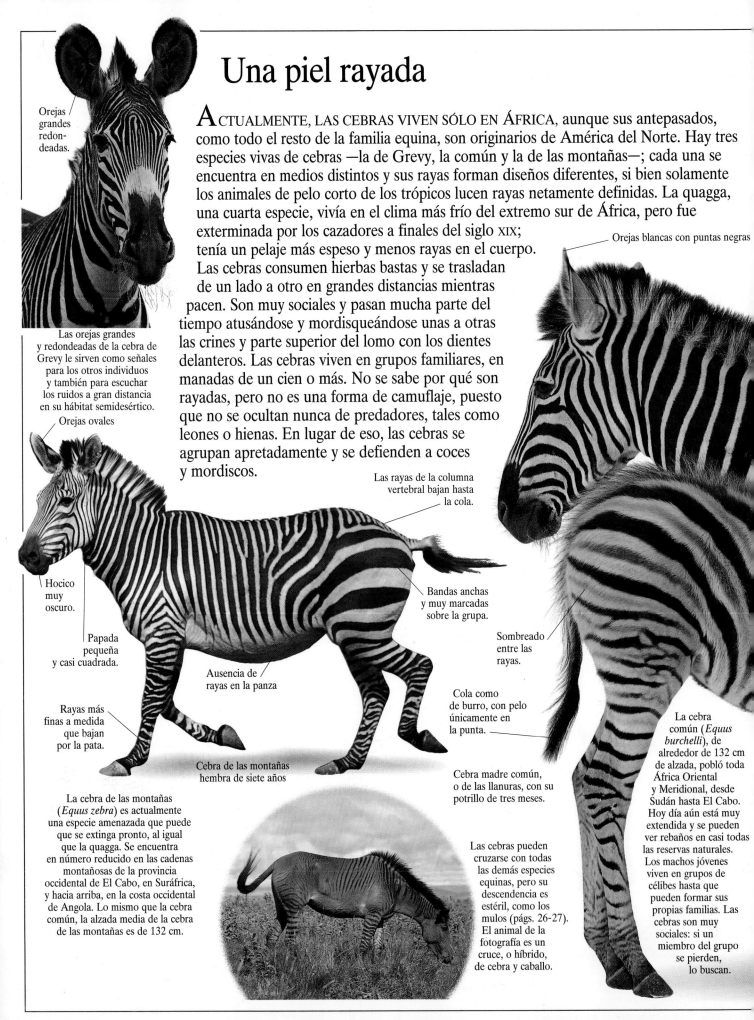

Una piel rayada

Aᴄᴛᴜᴀʟᴍᴇɴᴛᴇ, ʟᴀꜱ ᴄᴇʙʀᴀꜱ ᴠɪᴠᴇɴ ꜱᴏ́ʟᴏ ᴇɴ Áꜰʀɪᴄᴀ, aunque sus antepasados, como todo el resto de la familia equina, son originarios de América del Norte. Hay tres especies vivas de cebras —la de Grevy, la común y la de las montañas—; cada una se encuentra en medios distintos y sus rayas forman diseños diferentes, si bien solamente los animales de pelo corto de los trópicos lucen rayas netamente definidas. La quagga, una cuarta especie, vivía en el clima más frío del extremo sur de África, pero fue exterminada por los cazadores a finales del siglo xɪx; tenía un pelaje más espeso y menos rayas en el cuerpo. Las cebras consumen hierbas bastas y se trasladan de un lado a otro en grandes distancias mientras pacen. Son muy sociales y pasan mucha parte del tiempo atusándose y mordisqueándose unas a otras las crines y parte superior del lomo con los dientes delanteros. Las cebras viven en grupos familiares, en manadas de un cien o más. No se sabe por qué son rayadas, pero no es una forma de camuflaje, puesto que no se ocultan nunca de predadores, tales como leones o hienas. En lugar de eso, las cebras se agrupan apretadamente y se defienden a coces y mordiscos.

Orejas grandes redondeadas.

Las orejas grandes y redondeadas de la cebra de Grevy le sirven como señales para los otros individuos y también para escuchar los ruidos a gran distancia en su hábitat semidesértico.

Orejas ovales

Hocico muy oscuro.

Papada pequeña y casi cuadrada.

Rayas más finas a medida que bajan por la pata.

Cebra de las montañas hembra de siete años

La cebra de las montañas (*Equus zebra*) es actualmente una especie amenazada que puede que se extinga pronto, al igual que la quagga. Se encuentra en número reducido en las cadenas montañosas de la provincia occidental de El Cabo, en Suráfrica, y hacia arriba, en la costa occidental de Angola. Lo mismo que la cebra común, la alzada media de la cebra de las montañas es de 132 cm.

Ausencia de rayas en la panza

Las rayas de la columna vertebral bajan hasta la cola.

Bandas anchas y muy marcadas sobre la grupa.

Orejas blancas con puntas negras

Sombreado entre las rayas.

Cola como de burro, con pelo únicamente en la punta.

Cebra madre común, o de las llanuras, con su potrillo de tres meses.

Las cebras pueden cruzarse con todas las demás especies equinas, pero su descendencia es estéril, como los mulos (págs. 26-27). El animal de la fotografía es un cruce, o híbrido, de cebra y caballo.

La cebra común (*Equus burchelli*), de alrededor de 132 cm de alzada, pobló toda África Oriental y Meridional, desde Sudán hasta El Cabo. Hoy día aún está muy extendida y se pueden ver rebaños en casi todas las reservas naturales. Los machos jóvenes viven en grupos de célibes hasta que pueden formar sus propias familias. Las cebras son muy sociales: si un miembro del grupo se pierden, lo buscan.

La banda dorsal, o del lomo, es ancha y negra.

Rayas muy estrechas en la cara

La cebra de Grevy es la más septentrional de todas las especies y vive en número reducido en las áreas semidesérticas de Kenia, Etiopía y Somalia. Es la cebra de mayor tamaño, con una altura media de 142-152 cm. No está estrechamente emparentada con las otras cebras y se la considera como una reliquia dentro de los miembros más primitivos de la familia equina.

Crin muy alta y erguida.

Orejas redondeadas

Sin copete sobre la frente

Blanco a ambos lados de la banda dorsal negra.

Mancha de color castaño en forma de V en el hocico.

Rayas negras finas y apretadas sobre fondo blanco, especialmente en la cruz.

Panza blanca

Dos hembras de cebra de Grevy, de tres a cuatro años de edad.

Pezuñas anchas

Las rayas bajan por las patas, terminando en una corona negra, junto al casco.

Sombreado de color castaño claro extendiéndose entre las rayas negras.

La banda dorsal negra se afina cola abajo, con rayas a cada lado.

Las rayas se curvan hasta hacerse horizontales, no verticales, sobre las ancas.

La cara interna de las patas es blanca, sin rayas.

Los primeros exploradores de África Meridional encontraron rebaños de más de 100 quaggas (*Equus quagga*) que realizaban migraciones anuales a distintos terrenos de pastos. Gradualmente la caza indiscriminada las redujo a unas cuantas; a las últimas quaggas silvestres las abatieron en 1861. Unas pocas sobrevivieron en zoos hasta que la última murió en Ámsterdam, Holanda, en 1883.

Otro tipo de híbrido —de cebra y burro— puede producir animales de color castaño claro con rayas muy finas, como estos zedonks de Zimbabwe, África Central Meridional. Muchos zoos en todo el mundo llevan a cabo con éxito programas de hibridización.

Los remotos antepasados

L A EVIDENCIA FÓSIL nos dice que a finales de la Era
Glacial, hace 10.000 años (págs. 8-9), debía de haber
millones de caballos en estado salvaje por toda Europa,
así como en Asia Septentrional y Central. Estos animales,
que pertenecían a una especie llamada *Equus ferus*,
vagaban por los pastizales en manada y probablemente
recorrían miles de kilómetros al año. A medida que
fue cambiando el clima, a las praderas les fueron
reemplazando los bosques y el número de
caballos mermó considerablemente debido
a la pérdida de su medio y a la caza de que
el hombre le hacía objeto. Hace unos 4.000
años quedaban muy pocos caballos salvajes
en Europa, aunque dos subespecies de estos
caballos, en Rusia el tarpan (*Equus ferus ferus*)
y en Mongolia el caballo de Przewalski (*Equus
ferus przewalskii*), sobrevivieron hasta tiempos
relativamente recientes. También hace alrededor
de 4.000 años se domaron y domesticaron
los primeros caballos salvajes en Europa
Oriental y pronto se extendieron hacia el oeste
(págs. 22-23). Hoy día todos los caballos
domésticos del mundo descienden de estos
antepasados que fueron domesticados
y están clasificados en una sola especie
llamada *Equus caballus*.

Muchos viajeros del siglo XVIII que atravesaron las estepas rusas describieron
las manadas de caballos salvajes de pequeña alzada, algunos de los cuales
probablemente eran caballos salvajes (págs. 32-33). Los últimos tarpanes
se extinguieron a primeros del siglo XIX. Actualmente, en Polonia,
se han recriado unos caballitos muy parecidos al tarpan por medio
de la cría de razas primitivas, tales como el Konik.

La alzada
va de los 132
a los 142 cm.

Crin
corta

Copete
corto

El pony inglés de Exmoor es una
raza antigua que se parece mucho
al extinguido tarpan, o pony
salvaje de Europa Oriental.
Estos ponies viven en manadas
asilvestradas en Exmoor, al suroeste
de Inglaterra.

Hocico de color
claro harinoso,
típico del
caballo salvaje.

Para los celtas, que vivieron en Europa
Occidental alrededor de 500 a. de C.,
los caballos blancos eran animales sagrados.
De esa época data la figura de este caballo
grabada en las blancas colinas calcáreas de
Uffington, en Berkshire, al sur de Inglaterra.

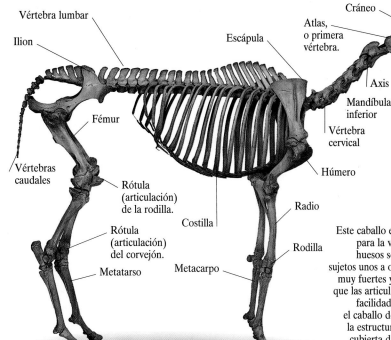

Vértebra lumbar

Ilion

Escápula

Atlas,
o primera
vértebra.

Cráneo

Órbita
ocular

Nasal

Axis

Mandíbula
inferior

Vértebra
cervical

Muelas
superiores

Fémur

Húmero

Vértebras
caudales

Rótula
(articulación)
de la rodilla.

Costilla

Radio

Rodilla

Rótula
(articulación)
del corvejón.

Metatarso

Metacarpo

Este caballo está bien constituido
para la velocidad. Todos sus
huesos son largos y esbeltos,
sujetos unos a otros por ligamentos,
muy fuertes y elásticos, de forma
que las articulaciones poseen gran
facilidad de movimiento. En
el caballo de tiro (págs. 50-53),
la estructura del esqueleto está
cubierta de músculos potentes
y muy poca grasa.

En la década de los 80 del siglo XIX
los viajeros rusos encontraron caballos salvajes
que vivían en las estepas de Mongolia. Se llevaron
unos cuantos a Europa, donde se reprodujeron
bien en los zoos, y posteriormente a América.
Los caballos de Przewalski en estado salvaje
se extinguieron hacia 1960, pero ahora
los están reintroduciendo en Mongolia
a partir de rebaños criados en cautividad.

Cola
larga
e hirsuta.

Este caballo salvaje (*Equus ferus*) fue pintado
por cazadores sobre una pared en las famosas
cuevas de Lascaux, en Francia, a finales
de la Era Glacial, hace unos 14.000 años.

El asno salvaje africano
(*Equus africanus*) es
el antepasado de todos
los burros domésticos
(págs. 24-25). Aún se
le encuentra en pequeño
número en el Sahara
oriental, pero es una
especie amenazada
de extinción.

Grupo de caballos de Przewalski

Los caballos en la Historia

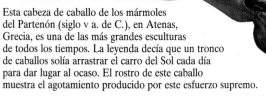

LA PRIMERA EVIDENCIA FIABLE de la domesticación del caballo proviene de Ucrania, donde sus habitantes vivían pastoreando caballos y ganado en las praderas esteparias hace 6.000 años. Al mismo tiempo se domesticaba el asno salvaje africano (págs. 16-17) en el antiguo Egipto y Arabia. Al principio no se solía cabalgar sobre caballos ni asnos, pero los enganchaban en parejas a una carreta o a un carro de guerra. Pronto el carro de guerra se convirtió en el símbolo de la categoría de los reyes, que los conducían en la batalla o en los desfiles reales y en las cacerías. Ya en tiempo de Homero, el gran poeta griego del siglo VIII a. de C., cabalgar sobre caballos y burros se había convertido en un medio común de traslado (págs. 46-49), aunque los carros de guerra aún se usaban en las batallas (págs. 42-45). En la época de las civilizaciones clásicas, los antiguos griegos y romanos construían arenas y pistas especiales para las carreras de estos carruajes, fuente de emociones para las multitudes que acudían a estos acontecimientos deportivos, donde estaban implicados tanto los jinetes y aurigas como los caballos (págs. 59-61).

Esta cabeza de caballo de los mármoles del Partenón (siglo V a. de C.), en Atenas, Grecia, es una de las más grandes esculturas de todos los tiempos. La leyenda decía que un tronco de caballos solía arrastrar el carro del Sol cada día para dar lugar al ocaso. El rostro de este caballo muestra el agotamiento producido por este esfuerzo supremo.

Esta primitiva representación de asnos enganchados a un carro de cuatro ruedas aparece en los adornos de mosaico de unos paneles —el Estandarte de Ur— en las tumbas reales de Ur, antigua Mesopotamia, hacia el año 2500 a. de C.

Este modelo de terracota procedente de Chipre probablemente representa un guerrero asirio, del siglo VII a. de C. El hombre porta un escudo y está dispuesto para la batalla. Su caballo lleva pectoral y cabezada para la guerra.

Pegaso era un mítico caballo alado que, según los antiguos griegos, había brotado de la sangre de la Medusa cuando Perseo, un hijo de Zeus, le cortó la cabeza. El caballo ascendió volando para reunirse con los dioses, pero lo atrapó Palas Atenea, la diosa de la sabiduría, que lo sujetó con una brida de oro. Este delicado grabado de Pegaso se encuentra en una cista, o recipiente de aseo, de bronce, hecha por los etruscos alrededor de 300 a. de C.

El mito de los centauros, mitad hombres y mitad caballos, pudo haber surgido cuando los pueblos de la antigua Grecia vieron a los jinetes de Tesalia. Como no estaban acostumbrados a ver hombres a caballo, creyeron que estaban contemplando un nuevo ser. Aquí se muestra una escena de las batallas épicas entre los centauros salvajes y sin ley y los lapitas del norte de Grecia, representada en las magníficas esculturas del Partenón, siglo V a. de C.

Estos espléndidos caballos de bronce, atribuidos a Lisipo, escultor griego del siglo IV a. de C., fueron hallados en Constantinopla (actual Estambul) en el año 1204 d. de C. y los colocaron en la basílica de San Marcos de Venecia. Anteriormente habían estado en Roma. En 1797, Napoleón se llevó el grupo escultórico a París y en 1815 los caballos fueron devueltos a Venecia.

Las marcas a fuego en los caballos como señal de propiedad (págs. 40-41) llevan usándose más de 2.000 años. Esta escena de cacería (arriba) es de un suelo de mosaico (de finales del siglo V o del siglo VI a. de C.) descubierto en Cartago (una ciudad fundada por los fenicios cerca de la actual Túnez). El mosaico norteafricano muestra una de las diversiones favoritas de los terratenientes acaudalados, la cacería.

Durante la guerra de Troya, alrededor del año 1184 a. de C., los griegos invadieron la ciudad de Troya ocultando soldados en un caballo de madera, enorme, que habían construido. Los troyanos, creyendo que los griegos habían abandonado el caballo, lo condujeron sobre ruedas al interior de la ciudad. Entonces los griegos saltaron fuera y abrieron las puertas de la ciudad para que entrara el ejército conquistador.

El pueblo chino ha tenido siempre un gran respeto por sus caballos. Durante la dinastía Tang (618-907) se produjeron gran cantidad de figuras de caballos en barro cocido de un gran valor artístico hoy en día. El vidriado azul cobalto era muy raro y su producción muy costosa en aquel tiempo, pues el cobalto se importaba solamente en pequeñas cantidades. La figura probablemente fue moldeada por partes, que luego se unieron para formar un todo.

Un trabajo de burros

EL ASNO DOMESTICADO, O BURRO (*Equus asinus*), desciende del asno salvaje africano (*Equus africanus*) (págs. 16-17), que habita los secos y calurosos desiertos del Sahara y de Arabia. Debido a este medio tan inhóspito, el burro ha desarrollado una gran fuerza, vigor y resistencia para transportar pesadas cargas a grandes distancias con poco alimento y poca agua. En estado natural, las crías de burro tienen que progresar rápidamente para mantenerse con el resto del rebaño que recorre grandes distancias en busca de arbustos y pastos que comer. Las hembras, o jumentas, están preñadas durante 13 meses antes de parir a sus crías, un período de gestación de un mes más que el de la yegua (págs. 14-15). En el desierto y en terreno pedregoso, las pequeñas y precisas pezuñas del burro se desgastan por igual, pero si se mantiene al animal en terrenos de pasto blando, crecerán y habrá que limarlas. Como todos los miembros de la familia equina, el burro es un animal social que necesita vivir con otros animales para prosperar.

Cuando nació Jesús, el burro era el medio de transporte usual en Jerusalén, y por ello se representa al Niño Jesús en brazos de su Madre sobre un burro, conducido por San José. La «cruz» sobre el lomo del burro: una raya oscura a lo largo de la columna vertebral y una horizontal que atraviesa los hombros, junto con el hecho de que Jesús montaba un jumento en el primer Domingo de Ramos, hizo a la gente creer que los pelos que forman esa cruz tenían propiedades curativas.

En algunas zonas del suroeste de la Península Ibérica se utilizaba a los burros para el pastoreo y para el trabajo en el campo. Esta familia viaja en burro para llevar a sus cabras a nuevos pastos.

En Grecia, hasta hace poco, era corriente ver a los burros trillando el grano. Al caminar dando vueltas y vueltas, las pezuñas del burro descascarillan el grano.

El agua es el más preciado de todos los recursos en los países desérticos y a menudo se ha de traer de muy lejos. Esta mujer norteafricana de Túnez transporta a su bebé y conduce a su burro cargado con cántaros de agua.

Rienda

Grupera del arnés (correas que van por debajo de las ancas del animal).

Vara de madera

Estribo para subir al carro.

Carro inglés de mediados del siglo XIX tirado por un burro

Las orejas largas mantienen fresco al burro.

Capa más clara en el animal joven

Capa más oscura en el adulto, como la del padre, ahora evidente en la primera muda.

Típico hocico blanco.

En la región del Poitou, en Francia, y en España, se han criado tradicionalmente durante siglos burros muy grandes, que se usaban para cruzarlos con yeguas y producir mulos gigantes (págs. 26-27) para el trabajo en el campo, al igual que en los países más al norte se usaban los caballos de tiro. Los burros del Poitou alcanzan los 142 cm hasta la cruz, lo que les convierte en los burros de mayor tamaño del mundo. También tienen un pelaje, o capa, muy largo, oscuro e hirsuto.

Panza blanca

Un grupo familiar: el padre de cinco años, la madre de nueve y el hijo de once meses.

Patas largas y esbeltas.

Este pobre burro viejo ha llevado una dura vida de trabajo y ahora merece una jubilación en paz.

Estos burros beben en una poza en Kenia, donde viven en un rancho en estado semisalvaje. Se tienen que cuidar por sí mismos y aprender a mantenerse fuera del alcance de los leopardos, hienas y otros predadores, lo mismo que otros animales salvajes.

Horcate

Anilla de la rienda

Brida

Frontalera decorada

Anteojera

Muserola

Orejas largas

Bocado

Collera

Cola larga con penacho en la punta.

Tirante

Correa de la cincha.

Burro irlandés de 10 años, de 117 cm de alzada.

Los burros son por tradición los animales de carga y transporte de Irlanda, que es uno de los pocos países del norte de Europa donde se han criado durante siglos y donde han llegado a adaptarse a un clima que es muy diferente del de los desiertos de donde proceden. Los burros irlandeses tienen las patas mucho más cortas que las de los burros de las más cálidas regiones mediterráneas y árabes y poseen pelajes mucho más espesos para sobrevivir al frío.

Pezuñas bien recortadas

Los burros son ahora populares como animales de compañía en parques de esparcimiento y para los niños. Esto ha llevado a desarrollar castas nuevas, tales como la de estos burritos blancos de pelaje rizado. En la Antigüedad, los burros blancos eran la montura favorita de la realeza.

Mulos y burdéganos

Collera pectoral (más fácil de ajustar que una collera más grande por la caja torácica tan estrecha).

Orejas largas, de burro, como las de su padre.

LOS SUMERIOS DE MESOPOTAMIA fueron los primeros en cruzar caballos y burros para producir mulos (padre burro, madre yegua) y burdéganos (padre caballo, madre burra) hace unos 4.000 años. Los escritores romanos sobre agricultura contaban cómo a los garañones destinados a la cría de mulos se les mantenía junto con los caballos con objeto de que estuvieran más dispuestos a aparearse con las yeguas. Durante cientos de años se ha usado a los mulos como acémilas (págs. 46-47) para transportar cargas enormes, pues combinan el vigor del jumento con la fuerza del caballo.

Al igual que sus parientes, el mulo es un animal gregario que viaja mejor en «reata» (una larga hilera de mulos unos detrás de otros para transportar las cargas). Una «yegua caponera» (una hembra de caballo especialmente adiestrada con un cencerro al cuello) solía conducir a los mulos, que aprendían a seguir el sonido de la campanilla para poder viajar de noche sin perderse en la oscuridad. La familia equina es extraordinaria por el hecho de que todas las especies pueden cruzarse entre sí. Pero aunque las crías resultantes crezcan hasta convertirse en animales saludables, son estériles y no pueden reproducirse.

Durante un día de duro viaje, un mulo de carga come en un morral lleno de avena.

La pintura de esta tumba del antiguo Egipto (de alrededor de 1400 a. de C.) muestra un tronco de caballos tirando de un carro de guerra, mientras que, debajo, dos burdéganos blancos también tiran de otro. Por sus orejas más pequeñas se ve que son burdéganos, y no mulos, y el cuello recto, cruz oscura sobre los hombros y cola terminada en penacho demuestran que no son caballos.

Jaula para patos

La rueda grande hace que el burro arrastre la carga más fácilmente.

Los carros tirados por mulos aún se usan en Asia y han permanecido sin cambios durante 3.000 años por lo menos. Sin embargo, el método de enganche sí ha cambiado, pues los carros más primitivos se sujetaban por medio de una vara central de madera a un tronco de mulas o de caballos. La idea de poner un solo animal entre dos varas de madera no se inventó hasta hace 2.000 años. Aquí, la mula lleva una brida con bocado y se la conduce con las riendas. Todas las pertenencias de la familia están apiladas en el carro, incluidos sus patos.

Mula de 14 años, de 140 cm de alzada, tirando de un carro indio (hacia 1840)

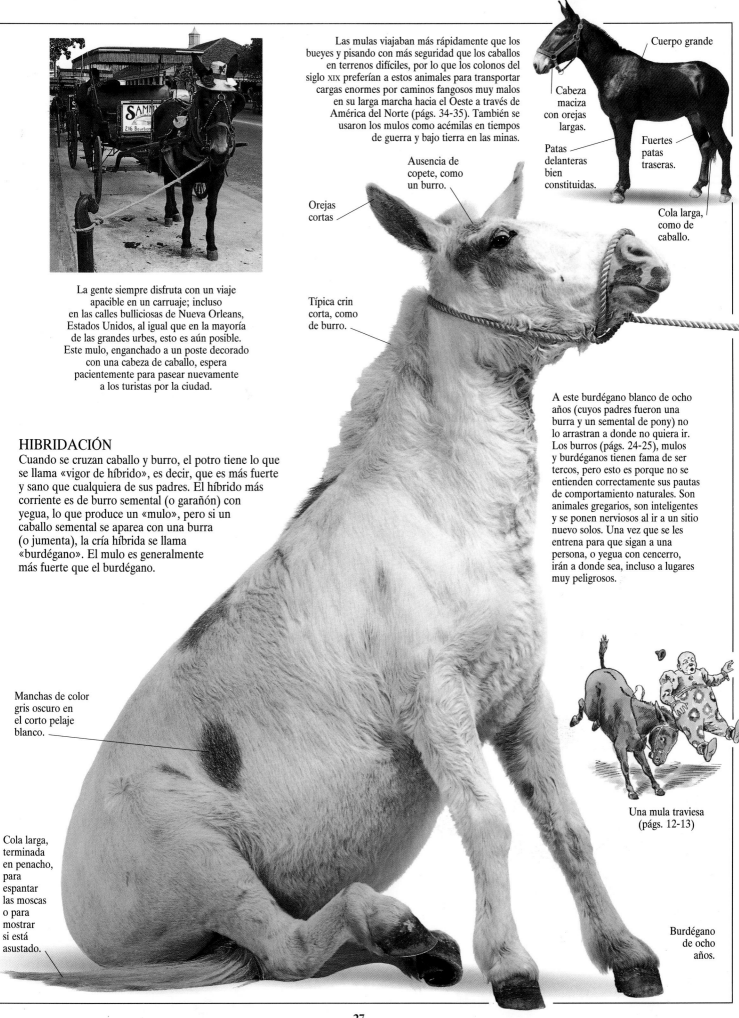

Las mulas viajaban más rápidamente que los bueyes y pisando con más seguridad que los caballos en terrenos difíciles, por lo que los colonos del siglo XIX preferían a estos animales para transportar cargas enormes por caminos fangosos muy malos en su larga marcha hacia el Oeste a través de América del Norte (págs. 34-35). También se usaron los mulos como acémilas en tiempos de guerra y bajo tierra en las minas.

Cuerpo grande

Cabeza maciza con orejas largas.

Patas delanteras bien constituidas.

Fuertes patas traseras.

Cola larga, como de caballo.

La gente siempre disfruta con un viaje apacible en un carruaje; incluso en las calles bulliciosas de Nueva Orleans, Estados Unidos, al igual que en la mayoría de las grandes urbes, esto es aún posible. Este mulo, enganchado a un poste decorado con una cabeza de caballo, espera pacientemente para pasear nuevamente a los turistas por la ciudad.

Ausencia de copete, como un burro.

Orejas cortas

Típica crin corta, como de burro.

HIBRIDACIÓN

Cuando se cruzan caballo y burro, el potro tiene lo que se llama «vigor de híbrido», es decir, que es más fuerte y sano que cualquiera de sus padres. El híbrido más corriente es de burro semental (o garañón) con yegua, lo que produce un «mulo», pero si un caballo semental se aparea con una burra (o jumenta), la cría híbrida se llama «burdégano». El mulo es generalmente más fuerte que el burdégano.

A este burdégano blanco de ocho años (cuyos padres fueron una burra y un semental de pony) no lo arrastran a donde no quiera ir. Los burros (págs. 24-25), mulos y burdéganos tienen fama de ser tercos, pero esto es porque no se entienden correctamente sus pautas de comportamiento naturales. Son animales gregarios, son inteligentes y se ponen nerviosos al ir a un sitio nuevo solos. Una vez que se les entrena para que sigan a una persona, o yegua con cencerro, irán a donde sea, incluso a lugares muy peligrosos.

Manchas de color gris oscuro en el corto pelaje blanco.

Una mula traviesa (págs. 12-13)

Cola larga, terminada en penacho, para espantar las moscas o para mostrar si está asustado.

Burdégano de ocho años.

Las herraduras y el herraje

LOS CASCOS DE TODOS LOS ÉQUIDOS están hechos de «queratina», una proteína que es la misma sustancia orgánica del pelo y las uñas del hombre. Y al igual que el pelo, los cascos se pueden cortar y darles forma sin causar dolor al animal. Las pezuñas de un caballo doméstico se desgastan por igual si se le monta por terreno llano y duro, pero si el suelo es pedregoso, los cascos pueden abrirse y romperse. Si el terreno es fangoso y blando, los cascos crecerán demasiado y enfermarán. Por tanto, el caballo precisa un cuidado regular por parte del «herrador», una persona especialmente preparada para cuidar los cascos y colocarles «zapatos» metálicos para protegerlos. El casco está compuesto de tres partes: la «pared», o parte superior; la «suela», a la que va clavada la herradura, y la parte de la superficie interior en forma de cuña, que se llama la «ranilla».

Herradura vieja y clavos que el herrador acaba de desprender del casco de un caballo.

1 El caballo permanece pacientemente quieto mientras el herrador corta los clavos viejos y quita la herradura vieja.

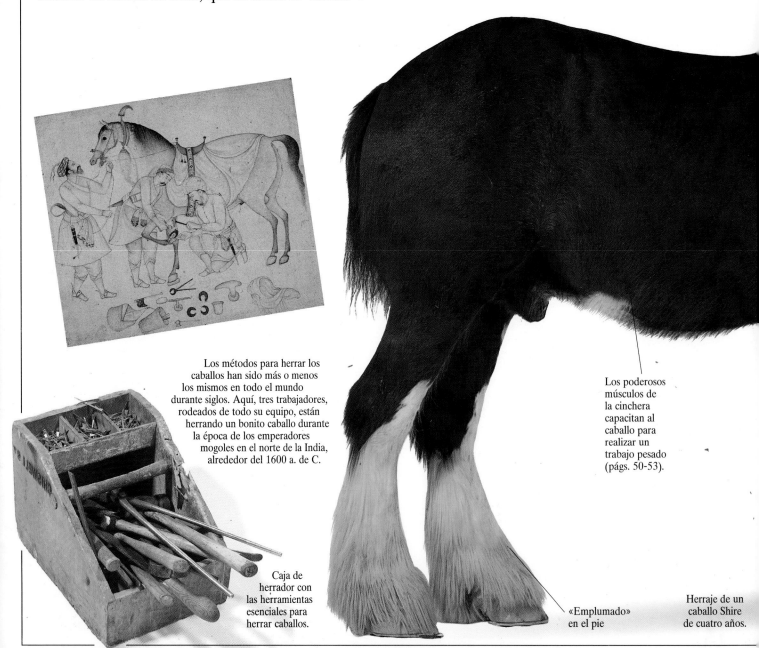

Los métodos para herrar los caballos han sido más o menos los mismos en todo el mundo durante siglos. Aquí, tres trabajadores, rodeados de todo su equipo, están herrando un bonito caballo durante la época de los emperadores mogoles en el norte de la India, alrededor del 1600 a. de C.

Caja de herrador con las herramientas esenciales para herrar caballos.

Los poderosos músculos de la cinchera capacitan al caballo para realizar un trabajo pesado (págs. 50-53).

«Emplumado» en el pie

Herraje de un caballo Shire de cuatro años.

En todas las partes del mundo la herradura es un talismán de buena fortuna. Siempre se debe sujetar con la abertura hacia arriba para que la buena suerte no se derrame. El lanzamiento de herradura, un juego basado en la suerte, es un pasatiempo popular en Estados Unidos y Canadá. Aquí se muestra una herramienta de hierro (de alrededor del siglo I) hallada en el sur de Inglaterra.

«Cuerno», o recrecimiento del casco en forma de herradura, eliminado por el herrador junto con la herradura antigua.

2 La capa desgastada de la suela se separa cortándola, se lima la capa nueva y todo el casco se limpia y se prepara para la nueva herradura.

3 El nuevo calzado de hierro para el casco se pone al rojo vivo en el hornillo (1090° C). Usando un pesado martillo, el herrador da forma a la herradura sobre el yunque y luego perfora los agujeros para los clavos.

4 Después de recalentar la herradura, se presiona contra el casco para comprobar el ajuste y luego se la deja enfriar. El casco desprende un olor a pelo quemado y mucho humo, pero esto no le hace daño al caballo.

Altura hasta la cruz, 178 cm

Espejuelo

6 Se lima el borde de la pezuña y del casco justo bajo las puntas de los clavos antes de que el herrador los aplane con el martillo. Los clavos deben estar al ras de la herradura, y el casco y el borde exterior de la herradura deben quedar perfectamente parejos.

Limando el casco y las puntas de los clavos.

5 El herrador toma unos clavos especiales de hierro y los clava con el martillo a través de los agujeros previamente perforados en la herradura. Las puntas de los clavos que asoman a través del casco del caballo se tuercen y se reintroducen en el casco.

Las herraduras de hierro fueron inventadas después de la Época Romana, pero los romanos solían sujetar un calzado hecho de mimbre o metal al casco del caballo con correas de cuero. Esto se llamaba una «hipposandalia», del griego *hippo*, que significa «caballo».

Manteniendo el equilibrio sobre una sola mano.

Hipposandalia francesa, del siglo I.

Bocados y otros arreos

A LOS CABALLOS Y ASNOS DOMÉSTICOS más primitivos probablemente los montaban a pelo y los guiaban con una cuerda que se ataba alrededor de la mandíbula inferior por el hueco que hay entre los incisivos y las muelas. Hoy en día esto es aún una forma corriente de controlar a los burros en Turquía y en Grecia. Los primeros bocados, o embocaduras de las cabezadas con pasadores a cada lado donde se sujetaban las riendas, estaban hechos de cuero, hueso o madera. A partir más o menos del 1500 a. de C., el bronce, y posteriormente el hierro, reemplazaron a estos materiales. Hasta finales de la época romana, ningún jinete montaba con silla (solamente a pelo, o sobre una manta de montura) y en Europa no hubo estribos (anillas colgando de una silla de montar para sostener los pies del jinete) hasta el siglo VIII. La falta de sillas de montar y de estribos no impidió a los jinetes euroasiáticos, o más tarde a los americanos nativos (págs. 56-57), empuñar sus arcos y disparar flechas desde un caballo al galope. Los escitas (págs. 32-33) de Asia Central fueron los jinetes nómadas más poderosos de la Antigüedad en los siglos IV y V a. de C. Poseían arreos muy elaborados, pero aún cabalgaban solamente con una simple manta como silla y sin estribos. Los caballos constituían la posesión más valiosa de los jinetes y se los enterraba con ellos en sus tumbas.

Vista posterior de una dama montando de lado.

Las campanillas en el arnés eran un elemento de seguridad. Si caballos y pasajeros se perdían en el campo cubierto por la nieve, el tintineo de las campanillas indicaría su posición a los que vinieran a rescatarlos.

Los caballos de la Edad Media en la Europa del siglo XIII lo pasaban muy mal, pues los refrenaban con bocados y los caballeros con armadura los aguijoneaban con crueles espuelas, ingenios en forma de U sujetos al talón de la bota del jinete (págs. 44-45). Estas espuelas eran de aguijón o de rodaja, con ruedecillas.

Espuela de rodaja (23 cm de largo), hecha de hierro y latón, de Europa Occidental a primeros del siglo XVI.

Rodaja

El tornillo sujetaría la espuela a la parte externa del calzado.

La parte metálica de la espuela encajaría en el interior del talón del calzado.

Pequeña espuela europea de rodaja (longitud: 4 cm) de finales del siglo XVII. Está hecha de hierro y encaja directamente en el calzado.

Hebilla para sujetar la espuela a la bota

Parte metálica de la espuela para «aguijonear» al caballo.

Espuela árabe de aguijón (longitud total: 29 cm) de primeros del siglo XIX, hecha de hierro

Se cree que los chinos inventaron los estribos metálicos en el siglo V. Después los estribos se extendieron lentamente por el oeste hasta Europa. El uso de los estribos cambió la forma de guerrear (págs. 44-45), porque permitió a los jinetes empuñar sus armas sin caerse del caballo.

Estribo búlgaro de hierro del 800 al 900

Estribo de bota español, decorado, hecho de hierro, del siglo XVII.

Relieve de latón

Estribo de cajón francés o italiano de finales del siglo XVIII, hecho de madera decorada y con adornos de latón.

Decoración en forma de dragón.

Estribo de latón chino, adornado con dos dragones, del siglo XIX

Filete articulado, irlandés, del 100 a. de C. al 100 d. de C.

Articulación

Argolla para la rienda

Se han inventado tres tipos de bocados para controlar a los caballos domesticados. El primero es el filete sencillo, recto, que se convirtió en una embocadura articulada en Asiria, hacia 900 a. de C. El freno con barbada es una pieza recta con una cadenilla sujeta bajo la barbilla del caballo, que actúa como palanca y que le aprieta la boca. El tercer bocado es el «pelham»: combinación del filete y del freno con barbada, con doble rienda.

Detalle del tapiz Bayeux de Francia, hacia 1080

En la batalla de Hastings (1066), los 7.000 soldados transportados desde Normandía por Guillermo el Conquistador lucharon con los ingleses. Una de las razones por las que ganaron la guerra era que peleaban a caballo con el nuevo invento de los estribos, mientras que los ingleses desmontaron y lucharon a pie a la antigua usanza.

Articulación

Anilla para la rienda

Argolla para la rienda.

Filete articulado búlgaro, con camas, del 800 al 900.

Cadena de barbada

Rodillos dobles en la boca del caballo

Argolla para la rienda

Remate del freno, de latón.

Freno de barbada europeo (longitud: 305 mm, anchura: 50 mm) de acero y latón, siglo XVI.

Remate del freno, de latón

Cadena de barbada

Anilla para la rienda.

Embocadura

Freno de barbada (longitud: 185 mm, anchura: 110 mm) portugués, de acero y latón, siglo XIX.

Frontalera

Testera

Ahogadero o sobarba

Altura a la cruz: 173 cm

Rienda

Bocado

A esta yegua torda Lippizana la montan de lado. Actualmente las damas sólo cabalgan de esta manera cuando compiten en una prueba de doma (págs. 60-61). En otros tiempos, desde el principio del siglo XIV en adelante, la montura de lado era la única forma en que la amazona, vistiendo unas faldas largas y pesadas, podía montar a caballo. A muchas mujeres les resultaba muy cómoda esta montura.

Cinchera

Estribo

Amazona sobre silla de cuero hecha a la medida en 1890.

Dama, con traje de la época victoriana, montando en silla de lado a un Lipizzano de seis años.

Anilla para la rienda (portarriendas) inglesa, del siglo I.

Junta de correas inglesa (para unir correas), de bronce, del siglo I.

Portarriendas decorado (anilla en el arnés de la silla a través la cual pasa la rienda) encontrado en Egipto, siglo I a. de C.

La exploración a caballo

SIN EL CABALLO Y EL ASNO, la historia del hombre hubiera sido completamente distinta. Las civilizaciones habrían evolucionado en su lugar de origen y sus pueblos no habrían recorrido el mundo en busca de nuevas tierras que explorar y conquistar. No hubiera habido Cruzadas y los europeos no hubieran destruido las culturas indígenas de América. Una fuerza invasora tiene que contar con un medio de transporte rápido y la movilización eficiente de bagaje, armas y alimento, o, por el contrario, carece de fuerza contra las defensas de las comunidades establecidas. Aunque viajar a caballo era el medio general de transporte, al menos desde el año 1000 a. de C., no fue hasta 2.000 años después, en el siglo XI, cuando se calzó a los caballos y se generalizó el uso de la silla de montar y los estribos. Desde esta fecha en adelante el caballo se hizo cada vez más importante en la guerra y en el deporte (págs. 42-45), y los grandes viajeros como Marco Polo pudieron cabalgar a enormes distancias a través de Europa y Asia, viajes que hoy día se considerarían largos, aun en avión.

Este guerrero a caballo, esculpido en un colmillo de morsa durante el siglo XII, es una de las famosas piezas de ajedrez halladas en la isla de Lewis, frente a la costa occidental de Escocia.

Genghis Khan (1162-1227), el conquistador mongol, rigió un imperio de jinetes nómadas que se extendía a través de Asia hasta el interior de Europa, desde el océano Pacífico hasta el Mediterráneo.

Pareja de jinetes etruscos de bronce, hacia el año 500 a. de C.

Estatua de Carlomagno, emperador sacro romano.

Estos dos elegantes bronces etruscos del norte de Italia, hacia 500 a. de C., muestran cómo, incluso sin silla y sin estribos, los arqueros escitas podían disparar sus flechas desde un caballo al galope. El arquero disparando hacia atrás es una muestra del «disparo parto», una técnica usada corrientemente por los jinetes nómadas de las estepas del Asia Central.

Carlomagno, o Carlos el Magno (742-814), fue el gobernante más famoso de la Edad Media. Como emperador del reino de Francia, conquistó Sajonia y Lombardía. En 796 guió a más de 15.000 hombres a caballo contra los ávaros en Hungría. En el año 800 fue coronado emperador del Sacro Imperio Romano, que se extendía desde Dinamarca a Italia Central y de Francia a Austria.

Delicado adorno

Esta montura tibetana, de madera, del siglo XVIII, adornada con calados de oro y plata, puede haber sido similar a la perteneciente a Genghis Khan 600 años antes.

Fuste

Borrén

Perilla

Silla de montar tibetana del siglo XVIII.

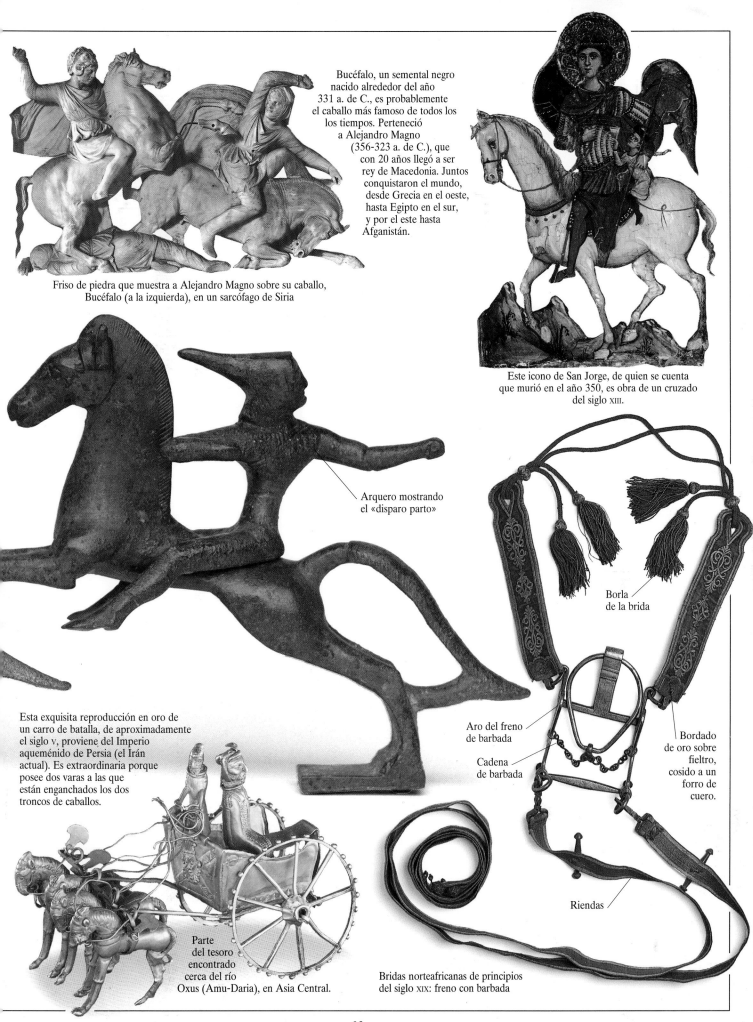

Bucéfalo, un semental negro nacido alrededor del año 331 a. de C., es probablemente el caballo más famoso de todos los los tiempos. Perteneció a Alejandro Magno (356-323 a. de C.), que con 20 años llegó a ser rey de Macedonia. Juntos conquistaron el mundo, desde Grecia en el oeste, hasta Egipto en el sur, y por el este hasta Afganistán.

Friso de piedra que muestra a Alejandro Magno sobre su caballo, Bucéfalo (a la izquierda), en un sarcófago de Siria

Este icono de San Jorge, de quien se cuenta que murió en el año 350, es obra de un cruzado del siglo XIII.

Arquero mostrando el «disparo parto»

Borla de la brida

Aro del freno de barbada

Cadena de barbada

Bordado de oro sobre fieltro, cosido a un forro de cuero.

Riendas

Esta exquisita reproducción en oro de un carro de batalla, de aproximadamente el siglo V, proviene del Imperio aqueménido de Persia (el Irán actual). Es extraordinaria porque posee dos varas a las que están enganchados los dos troncos de caballos.

Parte del tesoro encontrado cerca del río Oxus (Amu-Daria), en Asia Central.

Bridas norteafricanas de principios del siglo XIX: freno con barbada

A las Américas

ANTES DE 1492, cuando los primeros europeos llegaron tanto a América del Norte como del Sur, los continentes estaban densamente habitados por pueblos nativos que habían llegado allí entre 20.000 y 10.000 años antes. Los invasores europeos poseían un veloz medio de transporte: el caballo y el mulo, de forma que pudieron conquistar a los nativos americanos y apropiarse de vastas extensiones de tierra. Pronto unos cuantos caballos escaparon para vivir y reproducirse en libertad. En el transcurso de un siglo se habían expandido por todas las tierras de pastos (págs. 36-37). Los americanos nativos de ambos continentes enseguida se dieron cuenta del valor del caballo. Por intercambio con los españoles obtuvieron su propio ganado, al cual de inmediato aprendieron a montar con tanta destreza como los antiguos escitas (págs. 32-33), que podían disparar una flecha con el arco mientras cabalgaban sobre un caballo al galope sin estribos.

En las grandes ceremonias, los jefes sioux, indios de las praderas de Norteamérica, utilizaban sus mejores tocados de plumas de pavo y montaban espléndidos caballos.

Al igual que otras tribus de América del Norte, los indios sauk del norte del río Mississippi tenían en gran estima a sus caballos, a los que empleaban como medio de transporte, para la caza y para la guerra. Keokuk (arriba, hacia 1760-1848), nombrado jefe de los sauk por los oficiales norteamericanos firmó tratados cediendo mucha parte de la tierra de su tribu. Halcón Negro, el verdadero caudillo de los sauk, y su pueblo defendieron su tierra con fiereza, pero al final fueron derrotados. Hacia 1840, millones de acres del territorio indio fueron cedidos a los blancos.

Lucero prolongado

Vara central de madera o «lanza» a la que se sujeta el arnés.

Antes de que el ferrocarril cruzara el continente norteamericano, troncos de seis o más mulas (págs. 26-27) solían tirar de carretas pesadamente cargadas, a menudo por caminos de lodo e inviables para cualquier otro medio de transporte.

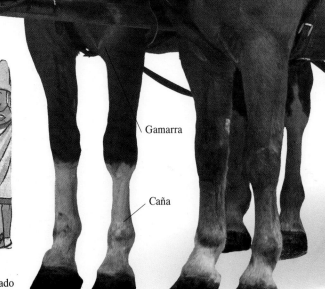

Gamarra

Caña

A principios del siglo XVI, los conquistadores españoles llevaron caballos (similares a los andaluces, págs. 40-41) al Nuevo Mundo, donde hacía 10.000 años que se habían extinguido. Aquí los indios obsequian a Hernán Cortés, el conquistador de México (1485-1547), con un valioso collar.

El casco herrado se agarra mejor al terreno blando.

Los tramperos, los comerciantes y los misioneros fueron los primeros en llegar al Pacífico, pero en 1843 una decidida partida de 1.000 colonos abandonó Missouri y emprendió una marcha de 3.000 km en dirección al Oeste siguiendo la Ruta de Oregón. Al anochecer agrupaban sus carretas en círculo para protegerse de los ataques. Finalmente, después de muchos meses de penuria, mal tiempo, enfermedades, falta de alimentos y de cruzar las Montañas Rocosas, llegaron a su destino.

Lona sostenida por dentro con aros de hierro

Parte superior hecha de lona extrafuerte impermeabilizada.

Palanca del freno

Eje que soporta todo el peso de la carreta y su carga.

Llanta de hierro sobre la rueda de madera.

Volea que sujeta el atelaje a la carreta

Cubo metálico de la rueda.

Tirante

Los primeros colonizadores europeos cruzaron de lado a lado América del Norte con sus hijos y todas sus pertenencias en una carreta cubierta, o «galera de las praderas». Era una vida dura, pues tenían que ser absolutamente autosuficientes, sabiendo cómo herrar un caballo (págs. 28-29), arreglar una rueda, cocer pan y cuidar a los enfermos.

La rueda delantera, de 123 cm de diámetro, es menor para permitir giros ajustados.

Los jinetes, o gauchos, de las praderas suramericanas (pampas) son descendientes mestizos de indios y españoles. Al igual que los vaqueros norteamericanos, se pasan la vida sobre una silla de montar, apresando ganado con gran pericia.

Pareja de Gelderlanders tira de una «galera de las praderas».

De vuelta al estado primitivo

Y A NO HAY REALMENTE CABALLOS SALVAJES en estado natural, pero por todo el mundo hay muchas manadas de caballos y ponies descritos como «cimarrones». Los animales asilvestrados o cimarrones son los descendientes de ganado doméstico que dejan de estar bajo el control del hombre y viven y se reproducen en la naturaleza. Los últimos caballos verdaderamente salvajes eran los de Przewalski (págs. 20-21), que sobrevivieron en número reducido en las estepas de Mongolia hasta la década de 1960. En América del Norte y del Sur, los caballos se extendieron muy rápidamente por todas las tierras de pastos inmediatamente después de la llegada de los primeros europeos (págs. 34-35), que llevaron consigo sus cabalgaduras, al final del siglo xv. Pronto hubo millones de caballos viviendo en estado salvaje. Hoy día, el número de caballos cimarrones, el mustang y el caballo salvaje de Wyoming en América del Norte y el Brumby australiano, están controlados por la caza y no hay ni mucho menos tantos como en el pasado. Otros caballos cimarrones son apresados y domados.

En Gran Bretaña hay muchas razas de pony que viven en los páramos, y una de ellas es el pony de Fell. Aunque tienen dueños, a estos ponies se les deja vivir y reproducirse con muy escaso control por parte del hombre. Tradicionalmente se les ha usado como acémilas, para monta y como animales de tiro ligero.

Orejas largas

Cabeza bien proporcionada

Los colores de las capas varían del bayo al alazán y al tordo, pero nunca pío ni picazo (págs. 38-41).

Estos extraordinarios ponies viven en estado semisalvaje en la finca del duque de Croy en Westfalia, Alemania. Se les ha cruzado con ponies tanto británicos como polacos, así que no son de pura raza. La manada se remonta a principios del siglo xiv.

Las fuertes patas sostienen un cuerpo robusto y proporcionado.

Durante 150 años ha habido manadas de caballos cimarrones en Australia, desde que fueron abandonados durante la fiebre del oro. Estos caballos, llamados «brumbies», formaron rebaños y se reprodujeron abundantemente en grandes extensiones. Son muy poco apreciados por los ovejeros y ganaderos, pues compiten por los pastos y suelen portar muchos parásitos. Desde la década de 1960 se les ha cazado tanto que ahora quedan muy pocos.

Pie bien formado con un fuerte casco

A menudo se ha usado un caballo en estado salvaje como símbolo de la libertad y de la elegancia. Ha servido para anunciar muchas cosas, desde bancos a coches deportivos, tales como los Mustang y Pinto en los Estados Unidos, y (como aquí se muestra) el Ferrari, el coche de carreras por excelencia.

Ferrari

Los caballos asilvestrados, o «mustangs», del desierto de Nevada, en los Estados Unidos, llevan una vida dura, atravesando grandes distancias en busca de hierba y agua suficientes para sobrevivir.

Los hermosos caballos blancos de la Camarga, en el sur de Francia, llevan más de mil años viviendo en libertad en las marismas de la desembocadura del Ródano. Poseen pezuñas muy anchas, adaptadas para la vida en terrenos de pastos blandos y húmedos.

Lucero en la cara

Estrella

Crin larga, lisa y abundante

Lunar

Copete abundante

La alzada de los ponies de New Forest oscila entre los 127 y los 147 cm.

Lucero prolongado

Cinchera sobresaliente

En Gran Bretaña ha habido rebaños de ponies viviendo en los bosques de New Forest de Hampshire desde el siglo XI. Durante 800 años estos ponies vivieron allí en estado salvaje, pero en el siglo XIX se intentó mejorarlos introduciendo sementales de otras razas. Aún viven en estado primitivo en su área natal, pero también se les cría en yeguadas privadas como caballos de monta ideales para niños y adultos y como animales de tiro ligero (págs. 54-55).

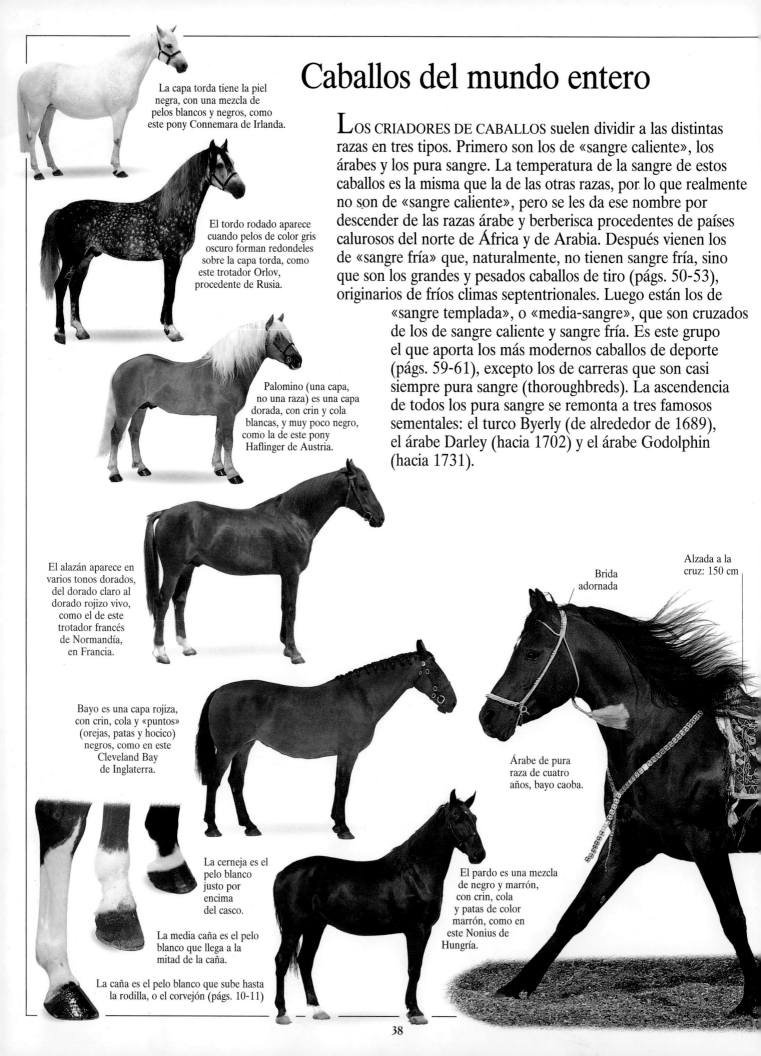

Caballos del mundo entero

La capa torda tiene la piel negra, con una mezcla de pelos blancos y negros, como este pony Connemara de Irlanda.

El tordo rodado aparece cuando pelos de color gris oscuro forman redondeles sobre la capa torda, como este trotador Orlov, procedente de Rusia.

Palomino (una capa, no una raza) es una capa dorada, con crin y cola blancas, y muy poco negro, como la de este pony Haflinger de Austria.

El alazán aparece en varios tonos dorados, del dorado claro al dorado rojizo vivo, como el de este trotador francés de Normandía, en Francia.

Bayo es una capa rojiza, con crin, cola y «puntos» (orejas, patas y hocico) negros, como en este Cleveland Bay de Inglaterra.

La cerneja es el pelo blanco justo por encima del casco.

La media caña es el pelo blanco que llega a la mitad de la caña.

La caña es el pelo blanco que sube hasta la rodilla, o el corvejón (págs. 10-11)

LOS CRIADORES DE CABALLOS suelen dividir a las distintas razas en tres tipos. Primero son los de «sangre caliente», los árabes y los pura sangre. La temperatura de la sangre de estos caballos es la misma que la de las otras razas, por lo que realmente no son de «sangre caliente», pero se les da ese nombre por descender de las razas árabe y berberisca procedentes de países calurosos del norte de África y de Arabia. Después vienen los de «sangre fría» que, naturalmente, no tienen sangre fría, sino que son los grandes y pesados caballos de tiro (págs. 50-53), originarios de fríos climas septentrionales. Luego están los de «sangre templada», o «media-sangre», que son cruzados de los de sangre caliente y sangre fría. Es este grupo el que aporta los más modernos caballos de deporte (págs. 59-61), excepto los de carreras que son casi siempre pura sangre (thoroughbreds). La ascendencia de todos los pura sangre se remonta a tres famosos sementales: el turco Byerly (de alrededor de 1689), el árabe Darley (hacia 1702) y el árabe Godolphin (hacia 1731).

Alzada a la cruz: 150 cm

Brida adornada

Árabe de pura raza de cuatro años, bayo caoba.

El pardo es una mezcla de negro y marrón, con crin, cola y patas de color marrón, como en este Nonius de Hungría.

El berberisco, el que sigue inmediatamente después del árabe como primera raza de caballos en el mundo, ha sido durante siglos la montura tradicional de las tribus del norte de África (los bereberes). Aquí, unos jinetes marroquíes exhiben sus habilidades ecuestres en un festival.

Como los caballos son tan hermosos y tan fácilmente domesticables, constituyen una atracción indispensable en el circo. Parecen disfrutar ejecutando movimientos difíciles y raros con el cuerpo, como se ve aquí.

Alzada a la cruz de 145 cm.

En esta elaborada representación de una fábula persa, pintada por artistas indios de la escuela Mungal (hacia 1590), un cuervo arenga a una reunión de animales. Entre ellos hay varios caballos con diversidad de capas: alazán, tordo claro y rodado, bayo y pío.

Árabe de 15 años, de capa torda muy clara con minúsculos redondeles.

Durante muchos siglos y en todo el mundo los caballos se han vendido en ferias, como se muestra en este detalle de la pintura del artista inglés John Herring (1795-1865).

El árabe es el aristócrata entre los caballos por su elegante cabeza, finas extremidades, airosa cola y temperamento fogoso. A los árabes se les ha criado cuidadosamente y su árbol genealógico ha quedado registrado quizá durante un milenio en sus países de origen, en el norte de África y en Arabia.

Manta de montura bordada.

Más razas y colores

CADA PAÍS TIENE SU PROPIA RAZA DE CABALLO, desde el pony de polo de la India al pony Basuto del sur de África y el caballo Shire de Gran Bretaña (págs. 50-53). Cada raza está adaptada a la vida en su lugar de origen y cada una tiene sus propios usos. Se define a las razas por su «conformación» o tamaño y forma del cuerpo, y también por su color o por si tienen alguna mancha blanca en la cara y patas. Hay caballos de tamaños muy distintos, desde el caballo más pequeño del mundo, el Falabella, que no mide más de 76 cm a la cruz, a la mayor de todas las razas, el caballo Shire. Un semental Shire debe medir 168 cm o más y pesar alrededor de una tonelada. Normalmente los Shires son pardos o bayos con una estrella blanca en la frente. Las patas muy velludas presentan media caña o caña blancas (págs. 38-39). Hay muchos dichos que relacionan el comportamiento del caballo con el color de su pelaje. Hay un dicho árabe que cuenta que todos los caballos tienen mala suerte, excepto los bayos, a menos que tengan alguna mancha blanca, y otro que un caballo blanco es el más principesco, pero que el calor le hace daño. Hay también la creencia muy extendida de que los alazanes son veloces pero muy temperamentales.

Alzada de 165 cm

Es corriente que los caballos luzcan manchas blancas en la cara, tales como la de forma de «estrella», regular o irregular, colocada alta en la cara entre los ojos. Un ejemplo es este media-sangre danés, actualmente considerado como el caballo nacional de Dinamarca. Una manchita entre los ollares se llama «lunar».

Una lista estrecha y blanca, que se extienda desde por encima de los ojos a los ollares, se llama «lucero», como en este Oldenburg, una raza establecida en Alemania en el siglo XVII. La banda blanca también puede estar «interrumpida», viéndose el color de la capa entre la estrella, el lucero y el lunar hasta la parte inferior de la cara del caballo.

Una banda ancha que comience por encima de los ojos y baje hasta el hocico se llama «lucero prolongado», como ocurre en este Güeldrés de Holanda, una raza que tiene un siglo de existencia. Cuando el pelo blanco cubre casi toda la cara, desde la frente a los belfos, el caballo se llama «careto».

Caballo andaluz de pura raza, tordo oscuro, de siete años, montado por una dama ataviada con el traje de montar clásico español.

Estribo plano de metal.

La Escuela Española de Equitación se fundó en 1572, cuando se llevaron a Viena, en Austria, nueve sementales y 24 yeguas Lippizanos.

La belleza, la elegancia y la fuerza del caballo han fascinado a escultores y pintores durante miles de años (págs. 22-23, 32-33). En esta estilizada obra del pintor alemán Franz Marc (1880-1916), los caballos son de un simbólico color azul.

Conocidos como los «Caballos Españoles» durante siglos, los caballos andaluces fueron criados en un principio por los monjes cartujos en tres monasterios del suroeste de España a finales del siglo XV. La raza posiblemente recibió influencia por parte de la berberisca del norte de África (págs. 38-39). Actualmente los caballos suelen ser tordos, pero originalmente eran alazanes o negros.

Zalea (sudadera de piel de borrego bajo la silla de montar para proteger el lomo del caballo).

Manta de montura de estilo español.

Exhibiendo el espectacular paso español, con una pata delantera y otra trasera levantadas a la vez.

A los caballos se les llama negros cuando la capa, las crines, la cola y las patas son completamente negras, como en este hermoso Frisón de Holanda. A veces, pueden aparecer manchas blancas en la capa.

El pelaje ruano puede ser «fresa» (donde el color de la capa es alazán con mezcla de pelo blanco) o «azul» (capa negra o parda con un tanto por ciento de pelo blanco), como en este caballo de tiro pesado italiano, de Venecia, en el norte de Italia.

El color zaíno puede ser una capa azul, ratón o amarilla clara (con negro en las patas, crin y cola), como en este pony de los fiordos de Noruega. La «raya de mulo» que recorre la espina dorsal es típica de esta raza.

Una capa manchada puede tener cinco variedades de diseño; normalmente son manchas oscuras sobre pelo claro, como se ve aquí en este diminuto Falabella, criado originalmente en Argentina.

Pío se refiere a grandes manchas blancas sobre otro color. Este pony pinto de Estados Unidos es alazán con manchas blancas (llamado overo), y la capa blanca con manchas de color se llama «tobiano».

Picazo normalmente significa cara a parches irregulares de pelo blanco y negro, como este pony de Shetland procedente de las islas escocesas del mismo nombre.

41

Caballos para la guerra

EL HOMBRE HA USADO EL CABALLO Y EL ASNO como auxiliares en sus guerras invasoras durante los últimos 5.000 años. Montados en carros de batalla enganchados a una pareja de asnos, o de caballos, los hombres podían desplazarse mucho más velozmente que a pie y podían infligir mucho más daño al enemigo. Primero hubo pequeñas disputas entre individuos, pero luego crecieron las familias y se establecieron en poblados, y los hombres batallaron entre sí. Desde que los jinetes armados (o la caballería) se organizaron en tiempos de Alejandro Magno (págs. 32-33), el caballo jugó un papel preponderante en todas las guerras justamente hasta antes de la Primera Guerra Mundial, cuando los vehículos mecanizados tomaron el relevo. Después de que el uso de los estribos se extendiera hasta Europa, al principio de la Edad Media (pág. 30-31), la caballería quedó más protegida del ataque al cabalgar sobre las nuevas sillas de montar, más altas (con estribos) que proporcionaban un asiento más firme y posibilitaban el uso de armas más largas, tales como las lanzas.

Marengo fue el pony árabe blanco que montaba el general francés Napoleón Bonaparte (1769-1821) durante la batalla de Waterloo, en Bélgica en 1815, cuando fue derrotado por los británicos. Aunque herido en la batalla, Marengo no murió hasta 1829.

El uniforme del jinete está profusamente bordado con hilo de oro puro.

Estos tambores hechos de plata de ley pesan 68 kg.

El escudo real (representando un león y un unicornio) bordado con hilo de oro y plata sobre el damasco del estandarte del tambor.

Borlón de la brida, de pelo natural de caballo, negro alrededor de pelo teñido de rojo.

Riendas dobles cubiertas de hilo de oro puro. Las riendas de las botas van conectadas a los estribos, las segundas a la cintura del jinete.

En 1605, el escritor español Miguel de Cervantes (1547-1616) creó su más memorable personaje, Don Quijote, y su caballo, Rocinante. Él y su escudero Sancho Panza (que iba montado en un jumento) tuvieron toda suerte de aventuras, pero la más famosa sucedió cuando atacaron con sus lanzas a los «gigantes», que resultaron ser molinos de viento.

Hoy día el caballo del tambor solamente sale durante los desfiles, pero antes de la época del tanque y del aeroplano, el retumbar de los tambores y el sonido de las trompetas siempre se usaban para animar a los hombres a entrar en combate. Estos tambores los donó el rey Guillermo IV de Inglaterra al regimiento de la Guardia Montada de la Casa Real en 1830.

El ruano azul Clydesdale de quince años porta dos tambores de plata de ley y al jinete, de la Guarda Montada de la Casa Real de la reina Isabel II de Inglaterra y de la Commonwealth.

La Carga de la Brigada Ligera, que produjo enormes pérdidas tanto de hombres como de caballos, fue la batalla más desastrosa de la guerra de Crimea (1853-1856), que se libró entre Rusia en un bando y en el otro Inglaterra, Turquía, Francia y Cerdeña. Crimea es un pequeño territorio al norte del mar Negro, en Ucrania.

Bandera de la Cruz Roja

Las primeras ambulancias, como ésta de la Primera Guerra Mundial, iban enganchadas a un tronco de caballos o de mulas.

Volea donde se sujetaba el arnés del caballo al vehículo.

Durante cientos de años la caballería tibetana usó un tipo de armadura hecha de pequeñas placas metálicas (lamelas) entrelazadas con tiras de cuero. Este tipo de armadura, tanto para el jinete como para el caballo, lo habían usado los guerreros nómadas de Asia Central y era muy parecido al de los mongoles cuando invadieron Asia y Europa Oriental (págs. 32-33). Los tibetanos han conservado esta armadura tradicional incluso hasta bien entrado el siglo XX.

Testera metálica para proteger la cabeza del caballo.

Crinera para proteger el cuello del caballo.

Freno

Rueda delantera pequeña que permite girar en muy poco espacio

Rueda trasera más grande para soportar grandes cargas.

Petral para proteger el pecho del caballo.

Entrelazado de cuero

Pequeña placa metálica.

Grupera para proteger los cuartos traseros del caballo.

El waler, llamado así por Nueva Gales (Wales) del Sur, en Australia, adonde se introdujeron los caballos por primera vez hace 200 años, fue la mejor montura para la caballería durante la Primera Guerra Mundial. Estos caballos eran fuertes y resistentes, capaces de transportar grandes cargas, vigorosos y de buen temperamento. Actualmente el uso para el pastoreo del caballo stock australiano, basado en el waler, está muy extendido en los ranchos ganaderos.

Armadura de la caballería tibetana, para caballo y jinete, usada entre los siglos XVII y XIX.

Espuela de metal blanco, de la caballería inglesa del siglo XIX.

El estribo fue la innovación más trascendental en la historia del caballo de guerra, pues permitía permanecer encima del caballo al jinete armado pesadamente. Aquí se muestra un estribo de latón de la caballería británica, del siglo XVIII.

Barril de metal conteniendo agua para los soldados o los animales.

No se puede librar una batalla sin los suministros de alimentos, agua y armas transportados a la línea de fuego por acémilas.

Volea

Lanza

Carro aguador de la Primera Guerra Mundial tirado por dos caballos, fabricado en Inglaterra y usado en Francia.

Esta figurilla de latón de un guerrero a caballo fue fundida en Ghana, en África Occidental, durante el siglo XVIII.

La época de los caballeros

La POLÍTICA EUROPEA estuvo dominada por el feudalismo durante los siglos XI y XII. Algunos caballeros eran los señores feudales, que poseían comarcas enteras de tierras cuyo uso concedían a sus vasallos. También poseían siervos, sobre los que tenían soberanía absoluta. Estos caballeros eran cristianos, sujetos al código de hidalguía, un código religioso, moral y social que regía todos y cada uno de los aspectos de sus vidas. El caballero ideal era valiente, cortés y honorable, y dedicado totalmente a la guerra contra los infieles. Por el año 1200 mucha parte de Europa estaba ya establecida bajo el feudalismo y los caballeros armados emprendieron la conquista de nuevas tierras en Oriente. En las Cruzadas se batalló por el territorio, pero la pasión religiosa y los principios de la caballería significaban que los caudillos, tales como Ricardo Corazón de León, podían confiar en que sus caballeros armados dieran la vida por la causa de arrebatar Jerusalén a los musulmanes.

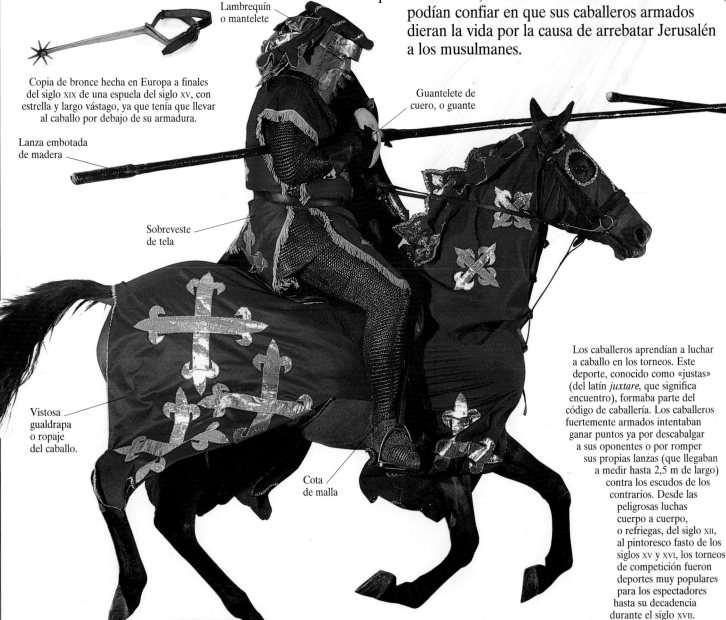

La pintura de este biombo representa un guerrero samurai japonés del siglo XII entrando en combate. El honorable samurai, que llevaba dos espadas y un tocado característico, era absolutamente leal a su señor feudal.

Copia de bronce hecha en Europa a finales del siglo XIX de una espuela del siglo XV, con estrella y largo vástago, ya que tenía que llevar al caballo por debajo de su armadura.

Lanza embotada de madera

Lambrequín o mantelete

Guantelete de cuero, o guante

Sobreveste de tela

Vistosa gualdrapa o ropaje del caballo.

Cota de malla

Los caballeros aprendían a luchar a caballo en los torneos. Este deporte, conocido como «justas» (del latín *juxtare*, que significa encuentro), formaba parte del código de caballería. Los caballeros fuertemente armados intentaban ganar puntos ya por descabalgar a sus oponentes o por romper sus propias lanzas (que llegaban a medir hasta 2,5 m de largo) contra los escudos de los contrarios. Desde las peligrosas luchas cuerpo a cuerpo, o refriegas, del siglo XII, al pintoresco fasto de los siglos XV y XVI, los torneos de competición fueron deportes muy populares para los espectadores hasta su decadencia durante el siglo XVII.

Reconstrucción de una pareja de caballeros participando en un torneo, de principios del siglo XIV

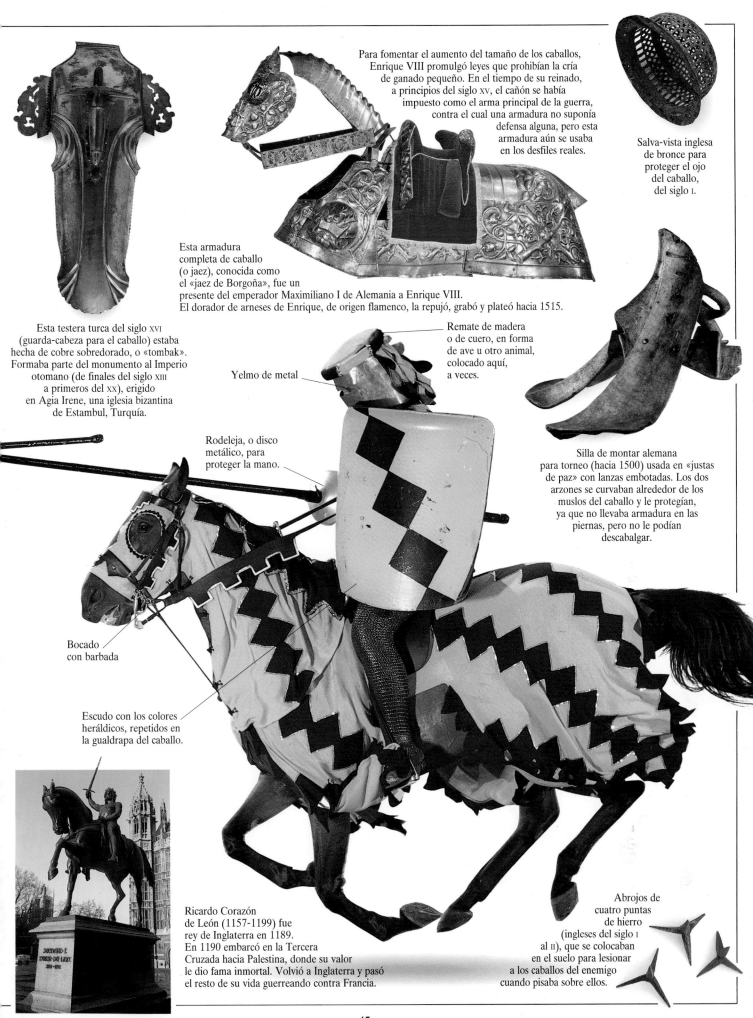

Para fomentar el aumento del tamaño de los caballos, Enrique VIII promulgó leyes que prohibían la cría de ganado pequeño. En el tiempo de su reinado, a principios del siglo XV, el cañón se había impuesto como el arma principal de la guerra, contra el cual una armadura no suponía defensa alguna, pero esta armadura aún se usaba en los desfiles reales.

Salva-vista inglesa de bronce para proteger el ojo del caballo, del siglo I.

Esta armadura completa de caballo (o jaez), conocida como el «jaez de Borgoña», fue un presente del emperador Maximiliano I de Alemania a Enrique VIII. El dorador de arneses de Enrique, de origen flamenco, la repujó, grabó y plateó hacia 1515.

Esta testera turca del siglo XVI (guarda-cabeza para el caballo) estaba hecha de cobre sobredorado, o «tombak». Formaba parte del monumento al Imperio otomano (de finales del siglo XIII a primeros del XX), erigido en Agia Irene, una iglesia bizantina de Estambul, Turquía.

Yelmo de metal

Remate de madera o de cuero, en forma de ave u otro animal, colocado aquí, a veces.

Rodeleja, o disco metálico, para proteger la mano.

Silla de montar alemana para torneo (hacia 1500) usada en «justas de paz» con lanzas embotadas. Los dos arzones se curvaban alrededor de los muslos del caballo y le protegían, ya que no llevaba armadura en las piernas, pero no le podían descabalgar.

Bocado con barbada

Escudo con los colores heráldicos, repetidos en la gualdrapa del caballo.

Ricardo Corazón de León (1157-1199) fue rey de Inglaterra en 1189. En 1190 embarcó en la Tercera Cruzada hacia Palestina, donde su valor le dio fama inmortal. Volvió a Inglaterra y pasó el resto de su vida guerreando contra Francia.

Abrojos de cuatro puntas de hierro (ingleses del siglo I al II), que se colocaban en el suelo para lesionar a los caballos del enemigo cuando pisaba sobre ellos.

Viajes a caballo

LOS CABALLOS, ASNOS Y MULAS se han usado para transportar personas y sus pertenencias de un lugar a otro durante más de 4.000 años. Los arneses y carros primitivos tenían que estar hechos enteramente de madera, hueso y cuero, hasta hace unos 3.500 años, cuando el hombre desarrolló el uso del cobre y del bronce, seguido del hierro, hace unos 2.000 años. El empleo de los metales para partes del arnés, como las anillas para las riendas (portarriendas) y los bocados, y en los carros para los bordes de las ruedas (llantas) y para los cubos y los ejes, aumentaron en gran medida la eficiencia y velocidad del transporte, especialmente en el sur de Europa y en Asia, donde el clima es seco. Pero en la Europa del norte, tan lluviosa, el caballo de carga fue el medio más práctico de viajar (especialmente en invierno) hasta que se construyeron vías, primeramente por los romanos y después ninguna más hasta la Edad Media (1100-1500).

Esta es una réplica del carruaje de la reina Isabel I, el primero que se construyó para la monarquía británica. Anteriormente, la realeza tenía que ir en carros. Hecha de madera, con escalones que se plegaban y encajaban al costado, el techo acolchado de la carroza protegía de la lluvia.

Dick Turpin (1706-1739) fue un legendario bandolero británico de quien se relata que cabalgó a la ciudad de York en un tiempo récord sobre Black Bess, su cabalgadura.

Una leyenda del siglo XI cuenta que lady Godiva cabalgó desnuda por todo Coventry para protestar de los fuertes impuestos ordenados por su marido.

Los caballos de los indios americanos poseían una resistencia infinita y una gran fortaleza, lo que les hacía óptimos tanto en la guerra como en la caza. El color y la decoración formaban parte de la cultura del americano nativo. Los jefes solían ir adornados con magníficos tocados de plumas y de la misma forma iban sus caballos.

Este friso de piedra muestra que hace unos 2.000 años los asirios criaban potentes mulos (págs. 26-27) para el transporte de sus utensilios de caza.

Anteojera

Lucero prolongado

Freno de bocado rígido

Collera

Horcate de metal con remate de zarcillo, un tradicional adorno zíngaro.

Tirante de cuero

Durante cientos de años los gitanos zíngaros han viajado por toda Europa viviendo en sus carromatos. Nadie sabe de dónde vinieron, aunque puede que su origen sea hindú. Hoy día la gente usa estos vehículos tirados por caballos para pasar las vacaciones.

San Cristóbal (siglo II) era el santo patrón de los viajeros. Una medalla de San Cristóbal siempre se ha considerado buena compañía para el que emprendía un viaje.

Caballo y jinete de bronce del siglo XVIII, de Nigeria, en África Occidental.

Los peregrinos hacia la catedral de Canterbury fueron inmortalizados por el poeta inglés Geoffrey Chaucer (alrededor de 1345-1400) en sus legendarios *Cuentos de Canterbury*.

Techo abovedado cubierto de lona

Vara

Pezuña

Caballo de tiro irlandés de nueve años (atalajado con el arnés zíngaro tradicional) tirando de un carromato gitano, construido en Irlanda hacia 1850.

Vehículos arrastrados por caballos

Trineo con asientos forrados de piel, construido en Holanda, hacia 1880.

LOS PRIMEROS CARROS DE GUERRA de la Antigüedad tenían sólidas ruedas de madera y un eje fijo que no permitía el giro. El invento de ruedas ligeras y con radios, como las aquí mostradas, significaron que el carro, o carruaje, pudiera moverse mucho más velozmente. El carruaje de cuatro ruedas con un eje giratorio que podía dar

Figura en bronce de caballo y carruaje, dinastía Han Oriental de China, siglo II.

Elegante y costoso carruaje enganchado a un tronco de caballos lujosamente engalanados.

la vuelta independientemente de la caja fue una mejora posterior que se generalizó sólo a principios de la Edad Media. Igual que hoy día la gente muestra su categoría social por la clase de automóvil que posee, en el pasado lo hacía por sus caballos y carruajes. Los pobres viajaban en carros y en vehículos colectivos, mientras que los ricos viajaban en soberbias carrozas enganchadas a los caballos más briosos. Mantener los caballos, guarniciones y carruajes suponía un gran gasto. A las caballerías había que alimentarlas y herrarlas, había que engrasar y reparar las ruedas y los carruajes tenían que mantenerse limpios y secos.

Los primeros emigrantes europeos que viajaban por América del Norte en diligencia eran frecuentemente atacados por americanos nativos a caballo, armados con rifles robados o trocados, como se representa en esta pintura del artista americano George Inness (1854-1926).

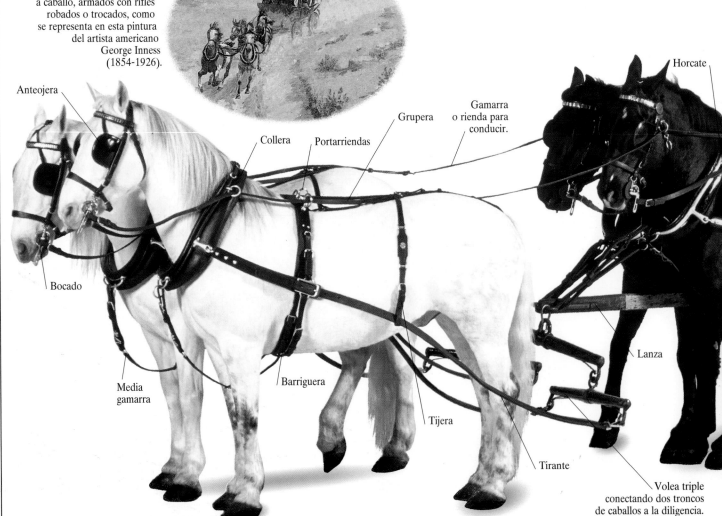

Anteojera

Bocado

Media gamarra

Collera

Portarriendas

Barriguera

Tijera

Grupera

Gamarra o rienda para conducir.

Horcate

Lanza

Tirante

Volea triple conectando dos troncos de caballos a la diligencia.

Sólo queda un asiento libre en este atestado ómnibus de caballos; dos personas tendrán que quedarse fuera.

Pescante

Asiento para dos pasajeros.

Un tipo de carruaje de la época victoriana, llamado barouche, hecho en Inglaterra según diseño francés, hacia 1880.

Guarda-mensajero acompañante, con rifle.

Equipaje extra apilado en la cubierta superior.

«Jehu» o cochero

Dos hombres de negocios americanos, Henry Wells (1805-1878) y William Fargo (1818-1881), abrieron sus oficinas en San Francisco en 1852 para proporcionar servicios de banco y transporte de mercancías, uniendo el Lejano Oeste con el resto de la nación. Las famosas diligencias Wells Fargo solían transportar viajeros particulares, mensajeros, el correo, dinero y otros artículos de valor.

Palanca del freno que el cochero acciona con el pie.

Cortinillas enrollables de cuero que dejan entrar el aire fresco o para proteger de la nieve y la lluvia.

WELLS FARGO & CO. OVERLAND STAGE

U.S. MAIL

En el interior, asientos para nueve personas, tres en cada una de las tres banquetas.

Dos juegos de riendas que unen los dos troncos al conductor.

El equipaje de los pasajeros, metido en el cofre trasero.

Estribo para que los pasajeros suban a la diligencia.

Caja bajo el pescante conteniendo herramientas, el cubo para el agua, las sacas del correo y cajas fuertes llenas de artículos valiosos.

Sitio para al menos 12 pasajeros en pie

Pescante

Dos troncos de Cobs galeses tirando de una diligencia de Wells Fargo, fabricada en los Estados Unidos de América a finales del siglo XIX.

Vehículo para cacería, con pescante y espacio para personas en pie solamente, construido en Inglaterra hacia 1880.

Los caballos pesados

EN EUROPA Y ASIA, la «era de los caballos» duró desde la época clásica de Grecia y Roma hasta principios del siglo XIX. Durante este largo período, y hasta que fueron reemplazados por la máquina de vapor, el caballo, el mulo y el burro no eran solamente el principal medio de transporte, sino que eran absolutamente necesarios para toda clase de trabajos agrícolas. Se empleaban para la tala en los bosques, para tirar de los carromatos de los cerveceros, para la siega y la trilla en el campo, y también para sacar agua de los pozos. En las áreas mediterráneas y en Oriente Medio, donde los suelos son secos y ligeros, era el burro (págs. 24-25) el que desempeñaba estas tareas. En la Europa Septentrional, donde los suelos son húmedos y llenos de lodo pegajoso, se necesitaban los potentes caballos de tiro pesado para el arado y la tracción por los caminos llenos de barro. Hoy día los caballos de tiro pesado de Gran Bretaña y Europa se exportan a todo el mundo: a Estados Unidos y Canadá, Australia y Japón.

Aún se usan el caballo y el burro en las granjas pequeñas de Irlanda. Aquí en Connemara, condado de Galway, están cargando un carro con gavillas de heno agrupadas por docenas, que proveerán de alimento a los animales de la granja durante los meses invernales.

Cuello largo y arqueado con crin espesa

Cabeza fina con perfil recto

Esta antigua raza de magníficos caballos de tiro pesado de Bélgica llamados brabanzón se ha mantenido como pura-raza. Aún se emplean como caballos agrícolas y son particularmente populares en los Estados Unidos.

Crin decorada

Placa de latón de la cabezada.

Horcate sobre la maciza collera.

Cuerpo de pecho amplio y profundo.

Caballo de tiro belga alazán

El invento chino de la collera rígida y acolchada, hacia el año 500, se extendió por toda Asia hasta Europa. El efecto consiguiente en la agricultura fue enorme y los arados arrastrados por caballos se convirtieron en los tractores de su tiempo. Hoy en día, la labor del arado con caballos es más lenta que con el tractor, pero algunos granjeros encuentran que es un trabajo más satisfactorio y más conveniente para la tierra. Todavía se celebran concursos anuales de arado en las ferias de Europa y América del Norte, como muestran estos dos soberbios caballos Shire (izquierda).

Pata fuerte y musculosa.

Ausencia de vello largo en la cuartilla.

Percherón tordo rodado

Brida

Collera

Sillín

Tijera

Retranca

El avelignese se cría en las montañas italianas. Usado tanto como caballo de tiro como de carga, es la versión más voluminosa del Haflinger austriaco (págs. 38-39) y llega a medir hasta 150 cm.

Lomera

Tiro de cadena

Avelignese alazán

Alrededor del año 1800 el caballo cobró una importancia creciente en la industria cervecera, incluso la compañía menos importante poseía caballos, carretones y carretas, y también un herrero y un aperador para las ruedas. También se usaban los caballos para moler la malta y para bombear agua. En los repartos de cerveza, los arreos de los caballos iban profusamente adornados.

Boulonés tordo

Suffolk Punch alazán.

La cabeza del boulonés, natural del noroeste de Francia, como el Percherón, muestra la influencia de su ascendencia árabe. Esta antigua raza de caballo musculoso, de capa sedosa, suele tener una alzada de más de 163 cm.

Cuartos traseros largos y poderosos.

Esta raza, el Suffolk Punch, se desarrolló como caballo para labores agrícolas en el condado de Suffolk, en el este de Inglaterra, a finales del siglo XVIII. No sólo tiene un vigor y una potencia fantásticos, sino que también necesita menos alimentos que otras razas pesadas. Los Suffolk son siempre alazanes, aunque el tono puede variar del claro al oscuro.

El percherón, del norte de Francia, es quizá la más conocida de todas las razas de caballo pesado. Su elegancia, a pesar de su gran tamaño, se debe al cruce con sementales árabes. Es una raza muy popular en todo el mundo, especialmente en Estados Unidos y Canadá.

Durante siglos, cada otoño, después de la cosecha, se han empleado los caballos para preparar el terreno para la siembra del año siguiente. En esta escena flamenca del siglo XVI se muestra el uso de caballos para el arado y gradeo (alisado de la tierra arada).

Los caballos pesados se han usado tradicionalmente para sacar del bosque los pesados troncos, arrastrándolos, como lo hacen estos caballos Shire en el sur de Inglaterra.

Rastro tirado por caballos, empleado para amontonar el heno ya segado en filas largas y alisadas.

El caballo de vapor

SIN EL CABALLO, la Revolución Industrial al final del siglo XVIII nunca hubiera tenido lugar. El transporte a caballo permitía que las mercancías manufacturadas se llevaran hasta los barcos para exportarlas a los países extranjeros y facilitó que la gente llegara en gran número a las ciudades para trabajar en las nuevas industrias. Los caballos se usaban en las fábricas para proveer a las máquinas de la energía necesaria para moler la malta en la elaboración de la cerveza (págs. 50-51), o el trigo para hacer harina, para hilar el algodón y para aventar los hornos. En las minas se usaban los ponies bajo tierra para arrastrar cargas de carbón desde el lugar de extracción (págs. 62-63) y en superficie para remolcar barcazas llenas de carbón por los canales. Los caballos también arrastraban vehículos para el transporte público, coches de bomberos y carretas de mercancías. Actualmente hay muy pocos lugares donde el caballo no haya sido reemplazado por la maquinaria, pero aún se emplea el término «caballo de vapor» usado para medir la potencia de arrastre de una máquina.

Diente de la rueda

El uso de los primeros carruajes públicos tirados por caballos comenzó en Gran Bretaña en 1564, pero los caminos eran tan malos que la gente no podía llegar muy lejos, especialmente en invierno.

Balanzas

COAL MERCHANT
THOMAS JEWELL

Carreta cargada de carbón hasta los topes, fabricada en Inglaterra, 1920.

Viga conectada a las piedras de moler.

Saco de carbón

Freno

En las grandes nevadas, se necesita un robusto tronco de caballos de pie firme y seguro para el ajorro de los troncos hasta fuera del bosque, como muestran estos ponies Haflinger en Baviera, al sur de Alemania.

Manguera del agua.

Farol

Bocina

Troncos de caballos arrastraban carretas de madera cargadas con provisiones hasta zonas del interior de Australia, como Nueva Gales del Sur. La seguridad de estas carretas dependía de la correcta fabricación de las ruedas.

LONDON

Cubo para el agua

Coche de bomberos inglés victoriano, de 1890. Las ruedas eran anchas para que los caballos pudieran dar la vuelta apretadamente a las esquinas sin riesgo de derramar el agua.

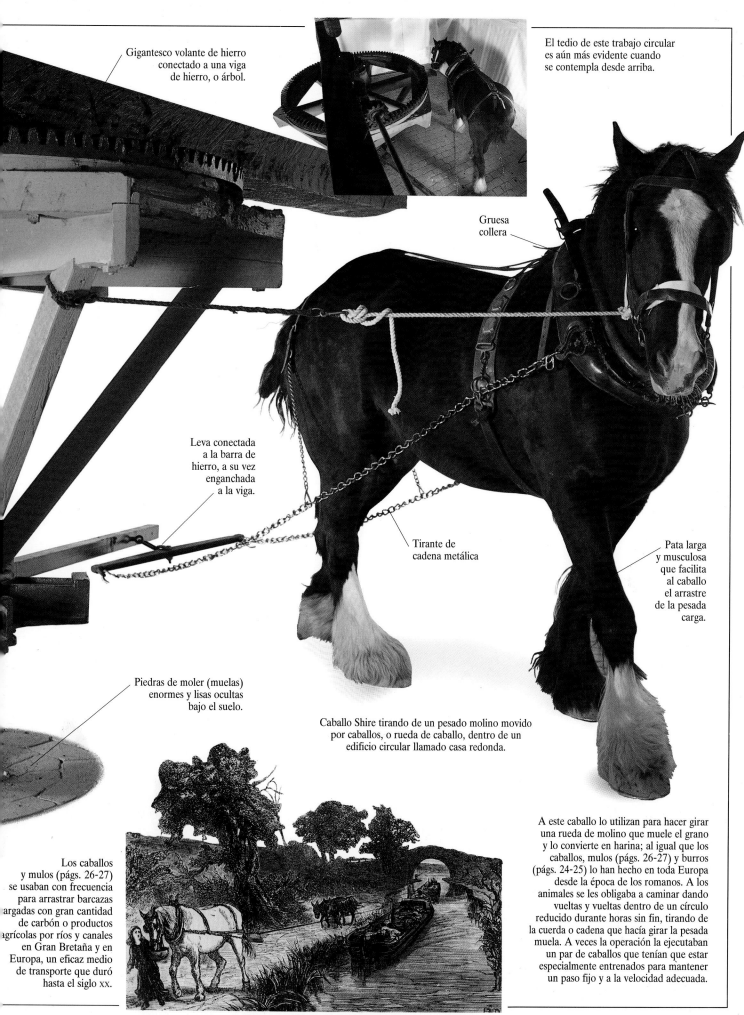

Gigantesco volante de hierro conectado a una viga de hierro, o árbol.

El tedio de este trabajo circular es aún más evidente cuando se contempla desde arriba.

Gruesa collera

Leva conectada a la barra de hierro, a su vez enganchada a la viga.

Tirante de cadena metálica

Pata larga y musculosa que facilita al caballo el arrastre de la pesada carga.

Piedras de moler (muelas) enormes y lisas ocultas bajo el suelo.

Caballo Shire tirando de un pesado molino movido por caballos, o rueda de caballo, dentro de un edificio circular llamado casa redonda.

Los caballos y mulos (págs. 26-27) se usaban con frecuencia para arrastrar barcazas cargadas con gran cantidad de carbón o productos agrícolas por ríos y canales en Gran Bretaña y en Europa, un eficaz medio de transporte que duró hasta el siglo xx.

A este caballo lo utilizan para hacer girar una rueda de molino que muele el grano y lo convierte en harina; al igual que los caballos, mulos (págs. 26-27) y burros (págs. 24-25) lo han hecho en toda Europa desde la época de los romanos. A los animales se les obligaba a caminar dando vueltas y vueltas dentro de un círculo reducido durante horas sin fin, tirando de la cuerda o cadena que hacía girar la pesada muela. A veces la operación la ejecutaban un par de caballos que tenían que estar especialmente entrenados para mantener un paso fijo y a la velocidad adecuada.

Trabajo de tiro ligero

Berlina Hansom (hacia 1850), diseñada para dos pasajeros, conducida por un único cochero y caballo.

PUEDE QUE NO SEAN TAN ELEGANTES como los pura sangre, ni tan espléndidos como los caballos pesados (págs. 50-53), pero los caballos corrientes de tiro ligero constituyeron la base del transporte por todo el mundo hasta la invención de la máquina de vapor hacia 1820. Los caballos de tiro ligero arrastraban toda clase de carretas, carruajes y carros. Estos caballos tenían que ser fuertes y veloces para poder cubrir largas distancias sin cansarse. Normalmente no pertenecían a ninguna raza en particular, pero algunas, tal como el Cleveland Bay de Yorkshire, en el norte de Inglaterra, se habían conservado como razas puras desde tiempos antiguos.

Originalmente a los Cleveland Bays se les conocía como «caballos buhoneros» porque los usaban los vendedores ambulantes o «buhoneros» para transportar sus mercancías en sus correrías por el campo.

Plumero

Los caballos de la policía montada, especialmente entrenados, llevan a cabo una importante función al poderse mover con rapidez a través de las multitudes. Proporcionan a sus jinetes movilidad y una buena visión de lo que acontece.

Durante siglos se han usado los caballos para portar grandes cargas sobre el lomo. Este caballo de un leñador de Guatemala va cargado con leños.

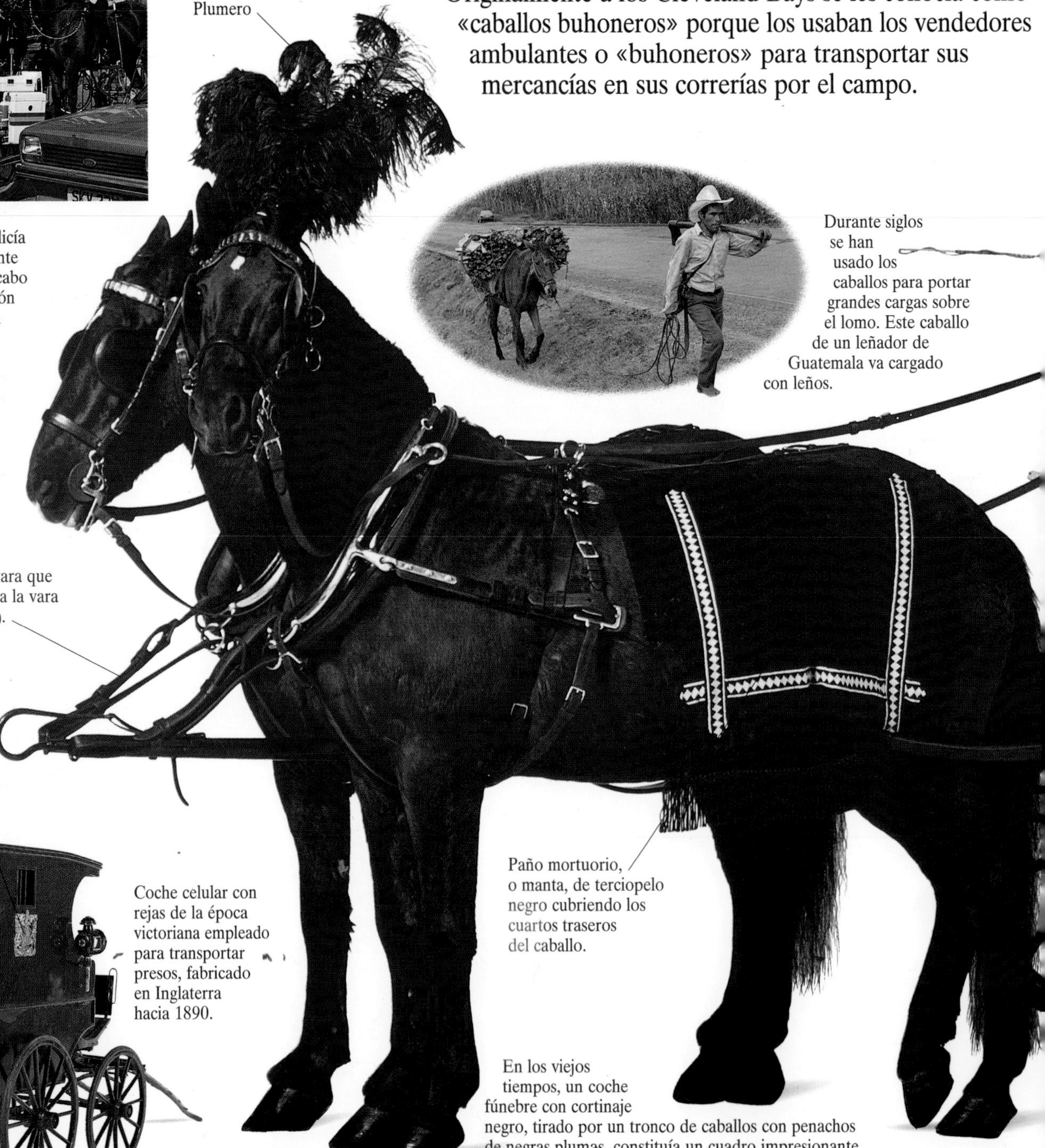

Correa de la vara que une la collera a la vara central (lanza).

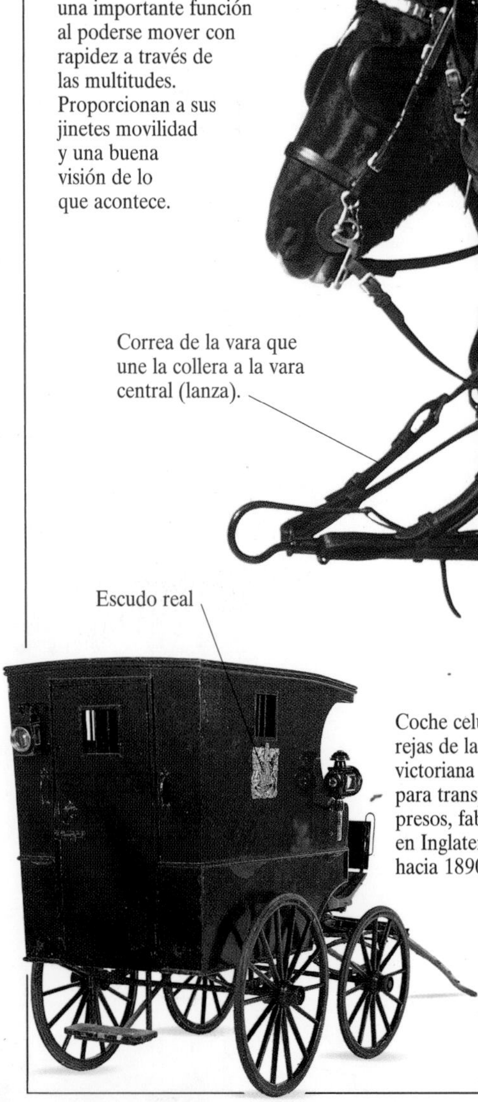

Escudo real

Coche celular con rejas de la época victoriana empleado para transportar presos, fabricado en Inglaterra hacia 1890.

Paño mortuorio, o manta, de terciopelo negro cubriendo los cuartos traseros del caballo.

En los viejos tiempos, un coche fúnebre con cortinaje negro, tirado por un tronco de caballos con penachos de negras plumas, constituía un cuadro impresionante mientras conducía lentamente el ataúd en un entierro.

Una familia disfruta de una excursión en su coche de caballos, en esta litografía de los artistas americanos Nathaniel Currier (1813-1888) y James Ives (1824-1895).

Guarnición unida a la lanza.

Tronco de tordos y faetón ingleses de alrededor de 1840

En las ciudades con balneario en Inglaterra en la primera mitad del siglo XIX, los caballeros jóvenes acostumbraban a correr de un lado para otro conduciendo el último símbolo de su categoría social; por ejemplo: un modelo descapotable como éste, un elegante faetón deportivo que se podía conducir con la capota levantada o echada.

Plumeros de plumas de avestruz

Cochero vistiendo terno negro de luto

Ataúd

Costados de cristal grabados

Balancín al que van sujetos los tirantes.

Tronco de Cobs galeses negros, con guarniciones negras y plateadas, arrastrando un coche fúnebre, fabricado en Inglaterra hacia 1850.

R. JORDAN & SONS
THE PADDOCK

Carro del lechero con ruedas de goma, fabricado en Inglaterra, hacia 1950.

El caballo en América del Norte

LOS CABALLOS SALVAJES (équidos) indígenas de América del Norte se extinguieron hace 10.000 años. Los primeros caballos domésticos arribaron al continente 9.500 años después, con Cristóbal Colón, en 1492. A partir de entonces en Norteamérica los caballos han simbolizado la libertad y el ímpetu emprendedor y durante los 500 años siguientes el número de caballo fue aumentando al mismo ritmo que el de las personas. Los caballos han sido los compañeros constantes de casi todas ellas. Han arrastrado cargas muy pesadas en el calor ardiente de los desiertos, en las profundas minas y por caminos llenos de barro. Los caballos transformaron las vidas de los nativos americanos que anteriormente cargaban sus posesiones en trineos tirados por perros y sobre sus propias espaldas. Con el caballo, el hombre contó con un nuevo medio de transporte rápido que le permitía cazar búfalos (el bisonte americano) con mucha más eficacia.

En 1882, el antiguo jinete de Pony Express (págs. 62-63) Buffalo Bill Cody (1846-1917) montó el primer espectáculo de rodeo profesional en las celebraciones del 4 de julio en Nebraska, con concursos de puntería, de monta y de doma de caballos salvajes.

Los amish se establecieron en Pennsylvania, Estados Unidos, a primeros del siglo XVIII y desarrollaron el conestoga (una versión más robusta del carromato cubierto) que les facilitó la exploración del Oeste (págs. 34-35). Aún hoy día su estilo sencillo de vida implica el uso de caballos tanto para trabajar como para viajar.

La Real Policía Montada del Canadá (fundada en 1873) es famosa en todo el mundo por la espléndida pompa, guerreras rojas, caballos negros, vistosos estandartes, desplegada por su cabalgata musical.

Sombrero Stetson

Chaqueta de cuero con flecos.

Manta de montura a rayas.

Perilla muy alta en la silla de montar del Oeste.

Fusta

Crin a rayas blancas y negras

Bocado con barbada

Zahones de cuero, o pantalones.

Estribos de cuero

El appaloosa, con su peculiar pelaje moteado (págs. 40-41), era una de las cabalgaduras favoritas de los americanos nativos.

Chica vaquera vistiendo el típico atuendo del Oeste, cabalgando sobre un Cob pío de 14 años.

Juana Calamidad, Annie Oakley, Belle Starr... es interminable la lista de las leyendas con nombre de mujer en el Viejo Oeste, cuando las chicas vaqueras tenían que montar a caballo, manejar un rifle y enfrentarse a lo que sucediera lo mismo que cualquier hombre. A los tipos y las chicas de mal comportamiento, como Frank y Jesse James, la pandilla de los Dalton, Billy el Niño y Flo Quick, los perseguían hombres de la Justicia, tales como Wyatt Earp y Wild Bill Hickok, y todo el mundo iba a caballo.

Cada mes de julio en la Estampida de Calgary, Canadá, los concursos de habilidad y velocidad de este rodeo incluyen las emocionantes carreras de los carromatos de aprovisionamiento. Dos troncos de caballos, un cochero/cocinero y cuatro jinetes a caballo compiten en carrera alrededor de un circuito, siendo el ganador el primero en cruzar la línea de meta.

«No hay bronco que no se pueda montar, ni vaquero al que no puedan tirar». Lo más notable del espectáculo del rodeo es el caballo bronco, símbolo de la necesidad del hombre de dominar lo salvaje y lo libre, pero a un caballo no se le «quiebra» sin lucha. Las carreras de caballos salvajes también son una atracción en el rodeo, en la que se ensillan y montan caballos sin domar, aterrorizados, para exhibición del valor de los vaqueros. Los vaqueros del cine y sus caballos famosos, tales como el Llanero Solitario y Silver, y Roy Rogers y Trigger, contribuyeron a recrear la leyenda del Viejo Oeste.

En esta pintura del artista americano George Catlin (1796-1872) se ve a los nativos americanos a caballo cazando búfalos, la mayoría de los cuales desaparecieron del Oeste debido a la matanza abusiva por parte de los inmigrantes europeos.

Famoso por cabalgar desde Boston en la noche del 18 de abril de 1775 para avisar a los colonos de Massachusetts que se acercaban las tropas británicas, Paul Revere (1735-1818) y su caballo prestado se han convertido en una leyenda americana.

Los soldados rasos de caballería (la tropa a caballo de un ejército) tenían que pasar largas horas sobre la silla de montar, así que era importante contar con caballos fuertes. En esta pintura del artista americano Frederic Remington (1861-1909) se representa la caballería del ejército norteamericano en plena persecución.

Lazo para enlazar el ganado.

Stetson

Perilla o pomo

Cinto del revólver de cuero repujado y de plata.

Bocado con barbada

Zahones de cuero

Estribos de cuero

Vaquero sobre Palomino (cruzado de pura sangre y árabe)

El caballo en el deporte

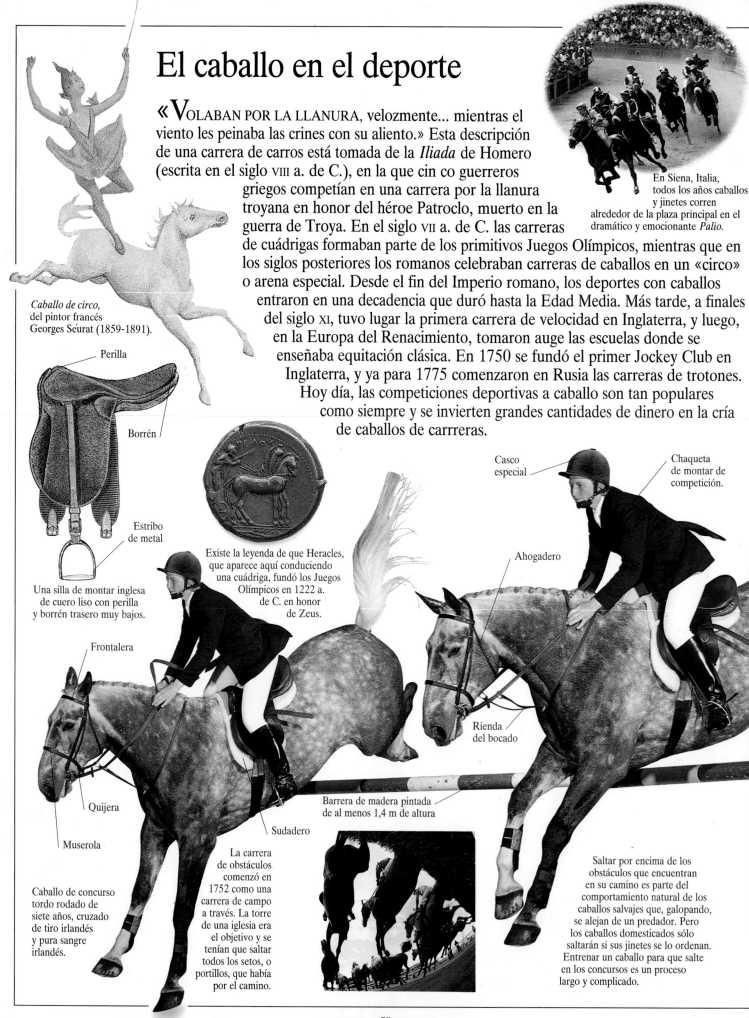

«VOLABAN POR LA LLANURA, velozmente... mientras el viento les peinaba las crines con su aliento.» Esta descripción de una carrera de carros está tomada de la *Iliada* de Homero (escrita en el siglo VIII a. de C.), en la que cin co guerreros griegos competían en una carrera por la llanura troyana en honor del héroe Patroclo, muerto en la guerra de Troya. En el siglo VII a. de C. las carreras de cuádrigas formaban parte de los primitivos Juegos Olímpicos, mientras que en los siglos posteriores los romanos celebraban carreras de caballos en un «circo» o arena especial. Desde el fin del Imperio romano, los deportes con caballos entraron en una decadencia que duró hasta la Edad Media. Más tarde, a finales del siglo XI, tuvo lugar la primera carrera de velocidad en Inglaterra, y luego, en la Europa del Renacimiento, tomaron auge las escuelas donde se enseñaba equitación clásica. En 1750 se fundó el primer Jockey Club en Inglaterra, y ya para 1775 comenzaron en Rusia las carreras de trotones. Hoy día, las competiciones deportivas a caballo son tan populares como siempre y se invierten grandes cantidades de dinero en la cría de caballos de carrreras.

En Siena, Italia, todos los años caballos y jinetes corren alrededor de la plaza principal en el dramático y emocionante *Palio*.

Caballo de circo, del pintor francés Georges Seúrat (1859-1891).

Perilla

Borrén

Estribo de metal

Una silla de montar inglesa de cuero liso con perilla y borrén trasero muy bajos.

Existe la leyenda de que Heracles, que aparece aquí conduciendo una cuádriga, fundó los Juegos Olímpicos en 1222 a. de C. en honor de Zeus.

Casco especial

Chaqueta de montar de competición.

Ahogadero

Frontalera

Rienda del bocado

Quijera

Barrera de madera pintada de al menos 1,4 m de altura

Sudadero

Muserola

Caballo de concurso tordo rodado de siete años, cruzado de tiro irlandés y pura sangre irlandés.

La carrera de obstáculos comenzó en 1752 como una carrera de campo a través. La torre de una iglesia era el objetivo y se tenían que saltar todos los setos, o portillos, que había por el camino.

Saltar por encima de los obstáculos que encuentran en su camino es parte del comportamiento natural de los caballos salvajes que, galopando, se alejan de un predador. Pero los caballos domesticados sólo saltarán si sus jinetes se lo ordenan. Entrenar un caballo para que salte en los concursos es un proceso largo y complicado.

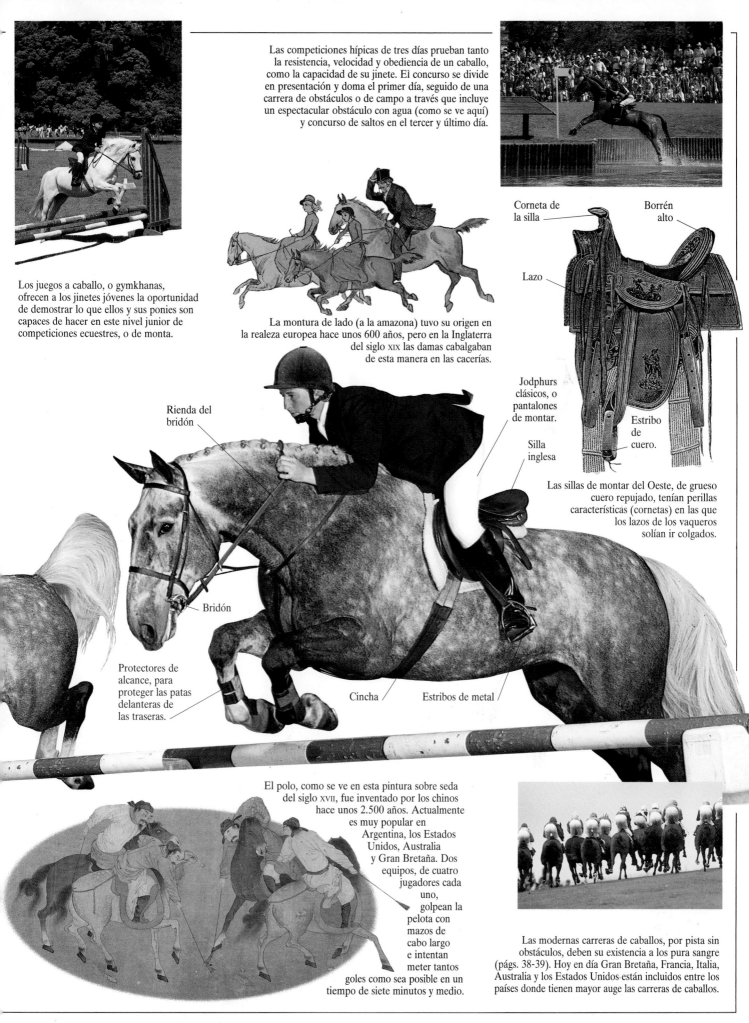

Las competiciones hípicas de tres días prueban tanto la resistencia, velocidad y obediencia de un caballo, como la capacidad de su jinete. El concurso se divide en presentación y doma el primer día, seguido de una carrera de obstáculos o de campo a través que incluye un espectacular obstáculo con agua (como se ve aquí) y concurso de saltos en el tercer y último día.

Corneta de la silla

Borrén alto

Lazo

Los juegos a caballo, o gymkhanas, ofrecen a los jinetes jóvenes la oportunidad de demostrar lo que ellos y sus ponies son capaces de hacer en este nivel junior de competiciones ecuestres, o de monta.

La montura de lado (a la amazona) tuvo su origen en la realeza europea hace unos 600 años, pero en la Inglaterra del siglo XIX las damas cabalgaban de esta manera en las cacerías.

Jodphurs clásicos, o pantalones de montar.

Silla inglesa

Estribo de cuero.

Las sillas de montar del Oeste, de grueso cuero repujado, tenían perillas características (cornetas) en las que los lazos de los vaqueros solían ir colgados.

Rienda del bridón

Bridón

Protectores de alcance, para proteger las patas delanteras de las traseras.

Cincha

Estribos de metal

El polo, como se ve en esta pintura sobre seda del siglo XVII, fue inventado por los chinos hace unos 2.500 años. Actualmente es muy popular en Argentina, los Estados Unidos, Australia y Gran Bretaña. Dos equipos, de cuatro jugadores cada uno, golpean la pelota con mazos de cabo largo e intentan meter tantos goles como sea posible en un tiempo de siete minutos y medio.

Las modernas carreras de caballos, por pista sin obstáculos, deben su existencia a los pura sangre (págs. 38-39). Hoy en día Gran Bretaña, Francia, Italia, Australia y los Estados·están incluidos entre los países donde tienen mayor auge las carreras de caballos.

Caballos de carreras

EL ESTRECHO VÍNCULO que durante milenios se ha establecido entre el hombre y su caballo no se puede romper por la irrupción del vehículo de motor. Hoy día el caballo es cada día más popular en los deportes de competición, y las personas que no pueden participar en los concursos de saltos o en las carreras disfrutan enormemente viéndolos en televisión. La mayoría de los caballos de doma, especialmente los de carreras y los de concursos, pasan muchas horas de entrenamiento trabajando de forma exhaustiva. Cuando se les saca para una competición saben usar sus instintos naturales para seguir a un guía (los otros caballos), ayudado por un toque de fusta o de látigo (que tiene el mismo efecto que el acoso de un predador). Además de las carreras y los concursos hípicos, el deporte más antiguo en el que intervienen los caballos es la cacería. Muchas personas lo consideran cruel para la presa, pero otros opinan que la caza protege el medio natural y sirve para conservar piezas cinegéticas, tales como el zorro y el ciervo. Además de la cacería, el empleo de caballos (uno o en pareja) da lugar a una gran variedad de deportes y actividades recreativas para miles de personas en todo el mundo, desde excursiones a caballo y pruebas de resistencia a los concursos internacionales de enganche y doma.

Las carreras de caballos en llano, «el deporte de los reyes», es muy popular en todo el mundo, con carreras clásicas como el Derby de Inglaterra, la Belmont Stakes de América, y en Australia la Copa de Melbourne. Aquí, el pintor impresionista francés Edgar Degas (1834-1917) representa a jockeys y caballos portando los colores de la cuadra de sus propietarios y esperando la llamada para colocarse en la línea de salida.

Altura a la cruz de 152 cm

Las excursiones a caballo son muy populares en todo el mundo, tanto para los niños como para los adultos. En esta fotografía los niños montan sus ponies en fila india vadeando un arroyo de los Alpes Victorianos, en el sureste de Australia.

En muchas partes del mundo, entre las que se incluyen América del Norte, Francia, Rusia, Australia y Nueva Zelanda, la carrera de trotones, o caballos enganchados, es tan popular como la carrera en llano. Las carreras actuales de trotones tienen algo en común con las antiguas carreras de carros de guerra, aunque con un único caballo al que solamente se le permite ir al trote. Al dar el paso (como aquí se ve), las patas se mueven en sentido lateral (del mismo lado) y no en diagonal (las patas se mueven de dos en dos en diagonal en el trote convencional).

Durante siglos, los jinetes han participado en carreras de larga distancia para ver quién podía batir el récord de distancia y tiempo. En este grabado japonés del siglo XVIII de Katsushika Hokusai (1760-1849), los tres hombres a caballo compiten corriendo hasta las estribaciones del monte Fuji.

Standardbred americano de tres años conducido por su dueño, que viste los colores de su cuadra.

Es en la monta clásica, que alcanzó la cima de la popularidad en el siglo XVIII, donde el caballo muestra su máxima habilidad y obediencia al jinete. En las más avanzadas pruebas de doma actuales, la puntuación recorre la escala del 1 al 10, siendo esta calificación de «excelente». Uno de los movimientos más difíciles (se ve aquí) es el cambio sencillo, en el que se ordena al caballo que cambie la pata que marca la andadura cuando va al medio galope.

Las cacerías a caballo han existido desde la época de los asirios, unos 2500 a. de C., cuando las presas eran leones o toros salvajes. Posteriormente, en Europa, como aquí se ve, las piezas de caza eran el venado, el oso o la liebre. La cacería del zorro se inició en el siglo XVII en Inglaterra con la ayuda de sabuesos especialmente entrenados, y aún es un deporte popular allí y en el este de los Estados Unidos.

En las competiciones hípicas de todo el mundo, los concursos de enganches son muy populares. En 1970 tuvieron lugar los primeros, basándose en el formato de las competiciones hípicas de tres días. Estas pruebas constaban de presentación y doma el primer día, seguido de un maratón de 27 km, y después la prueba de obstáculos el último día.

Durante siglos, se han usado cerdas de la cola del caballo para cuerdas de instrumentos musicales, como el violonchelo.

Látigo

Casco de montar

Camisa mostrando los colores de la cuadra del propietario.

Carro de un solo asiento

Arreo especial alrededor de las patas para ayudar al caballo a mantener el paso de lado.

El caballo tiene cuatro andaduras naturales: el paso, el trote, el medio galope y el galope. El paso tiene cuatro tiempos: patas trasera izquierda, delantera izquierda, trasera derecha y delantera derecha, cada una pisando el suelo por separado. El trote tiene dos: trasera izquierda y delantera izquierda al mismo tiempo. El medio galope es de tres tiempos: trasera izquierda, luego delantera izquierda y trasera derecha juntas, y finalmente la pata delantera derecha. El galope tiene cuatro tiempos: los mismos que el paso, y luego todos los pies se levantan del suelo al mismo tiempo.

Los ponies útiles

LOS NIÑOS QUE APRENDEN A MONTAR y a cuidar un pony desarrollan la comprensión de las fructíferas relaciones que pueden existir entre el hombre y los animales, y un pony puede ser a menudo el mejor amigo de un niño. En el pasado, los ponies nativos de los países del norte de Europa se empleaban como acémilas y para el trabajo general en el campo, y luego, cuando un pony especialmente manso era ya demasiado viejo para trabajar, se le daba a los niños para que empezaran a aprender a montar. En aquellos tiempos casi todo el mundo sabía manejar un caballo. Actualmente cada vez hay menos personas que aprenden a montar y aún menos las que poseen su propio pony, pero para los que sí lo hacen es una experiencia de lo más gratificante. La mayoría de las razas, como los ponies de Dartmoor y Fell, son sumamente resistentes y han evolucionado en un medio hostil donde sobreviven con poco alimento y permaneciendo a la intemperie en invierno. Sin embargo, los ponies pura sangre entrenados para exhibiciones necesitan mucho más cuidado.

En la década de los 60 del siglo XIX los jinetes del Pony Express arrostraban el mal tiempo, los parajes inhóspitos y los ataques de los nativos americanos atravesando los Estados Unidos desde Missouri a California para llevar el correo a 3.300 km de distancia. Incluso se las arreglaron para acortar el tiempo de entrega, de semanas a unos pocos días solamente.

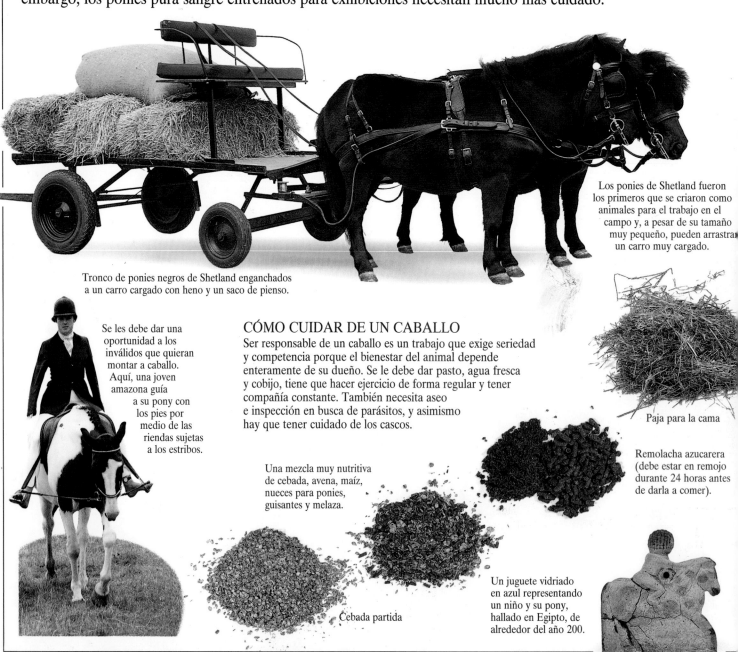

Tronco de ponies negros de Shetland enganchados a un carro cargado con heno y un saco de pienso.

Los ponies de Shetland fueron los primeros que se criaron como animales para el trabajo en el campo y, a pesar de su tamaño muy pequeño, pueden arrastrar un carro muy cargado.

Se les debe dar una oportunidad a los inválidos que quieran montar a caballo. Aquí, una joven amazona guía a su pony con los pies por medio de las riendas sujetas a los estribos.

Paja para la cama

Remolacha azucarera (debe estar en remojo durante 24 horas antes de darla a comer).

CÓMO CUIDAR DE UN CABALLO

Ser responsable de un caballo es un trabajo que exige seriedad y competencia porque el bienestar del animal depende enteramente de su dueño. Se le debe dar pasto, agua fresca y cobijo, tiene que hacer ejercicio de forma regular y tener compañía constante. También necesita aseo e inspección en busca de parásitos, y asimismo hay que tener cuidado de los cascos.

Una mezcla muy nutritiva de cebada, avena, maíz, nueces para ponies, guisantes y melaza.

Cebada partida

Un juguete vidriado en azul representando un niño y su pony, hallado en Egipto, de alrededor del año 200.

Se necesitan varios tipos de mantas o sábanas
(de yute, lana o nailon) para mantener
al caballo abrigado en invierno o protegerlo
de las moscas y el polvo en verano.

Fusta larga
de doma

Fusta
de caza

Ronzal para
acostumbrar
al caballo a ir
de diestro.

En cada feria debe haber un tiovivo o carrusel
donde los niños puedan cabalgar sin miedo sobre
los caballitos mecánicos pintados de vivos colores,
que suben y bajan mientras dan vueltas en
redondo. En algunos países los caballos van
de izquierda a derecha y en otros al revés,
de derecha a izquierda.

Almohaza

Aceite para
los cascos

Cepillo de
agua para
la crin, cola
y cuerpo.

Cepillo de cuerpo

Peine metálico
para la cola y crin

Heno
para el
pienso.

Lámpara
de minero

A los ponies ciegos se les solía llevar a trabajar
a lo más hondo de las minas, pues no necesitaban
ver para recorrer las galerías. En aquellos tiempos
las minas eran húmedas, oscuras y frías y tanto
los mineros como sus ponies (algunos de los cuales
vivían bajo tierra durante meses hasta que morían)
llevaban la peor de las vidas.

Un chico y su pony Shetland
tordo oscuro listos para bajar
a trabajar a la mina de carbón.

Horca de tres pinchos
para la limpieza del establo.

Índice

A

africano, asno, 7, 16, 22, 24
alazán, color, 38-41, 50-51
Alejandro Magno, 33, 42
amish, 56
Anchiterium, 9
andaluz, caballo, 30, 40-41
anilla de la rienda, 17, 31
animales de carga, 25-26, 46, 54
appaloosa, caballo, 56
árabe, 38-39, 42, 51, 57
arado, 50-51
armadura de caballo, 42-45
arneses, 17, 22, 24, 26, 30-31, 36, 46-49, 50-55, 60
asiático, asno, 7, 16
asnos, 6-8, 12, 14, 16-17, 24, 30, 42, 44
australiano, caballo (Waler), 43
avelignese, caballo, 51

B

basuto, pony, 40
batalla de Hastings, 31
bayo, color, 38-40
Black Bess, 46
bocado con barbada, 31, 33, 45, 56-57
bocado pelham, 31
bocados, 25-26, 30-31, 38-40, 45-46, 48, 54, 56-57
boulonés, caballo, 51
brabanzón (caballo de tiro belga), 50
brida, 25-26, 30-31, 33, 38-39, 42, 51, 53
brumby, caballo, 36
Bucéfalo, 33
Buffalo Bill Cody, 56
burdégano, 26-27
burro, 7, 12, 16-17, 21-22, 24-27, 30, 42, 50, 53; del Poitou, 7, 25; irlandés, 25

C

caballería, 42-43, 57
caballo de vapor, 52
caballo-balancín, 6
caballos de tiro, 38, 50-55
caballos de tiro ligero, 54-55
caballos míticos, 7, 22-23
caballos pesados, 50-53
cacería, 22-23, 46, 57, 60-61
Camarga, caballo, 37
capón, 12
Carlomagno, 32
carrera de carromatos, 57
carrera de obstáculos, 58-59
carrera de trotones, 58, 60
carreras, 58,60; caballo de, 10-11, 38, 58-60
carromato gitano, 46-47
carros, 24, 26, 46-47, 54-55; de guerra, 22, 26, 33, 42, 48, 58
carruajes, 22, 27, 46, 48-49, 52, 54-55
casco, 6-11, 18, 24-25, 28-29, 38
castaño de Indias, 11
Catlin, George, 57
cebra, 6-8, 12, 14, 18-19; común, 7, 14, 18-19; de Grevys, 18-19; de las montañas, 18
cebroide, 18
centauro, 22
certamen de los tres días, 59
Cervantes, Miguel de, 42
cimarrón, caballo, 14, 20, 36-37, 57
cincha, 6, 25-26, 34, 39, 48, 53
circo, caballos de, 39, 58
Cleveland Bay, 38, 54
Clydesdale, 42
Cob, 49, 55-56; galés, 49, 55
collera, invento de la, 50
Colón, Cristóbal, 56
comportamiento, 12-13, 40
concursos hípicos, 58-60
concursos internacionales de enganches, 6
conformación, 40
Connemara, pony, 38
cráneo, 8-11
Currier & Ives, 55

CH

Chaucer, Geoffrey, 47

D

Dartmoor, pony, 62
Degas, Edgar, 60
deporte, 22, 32, 38, 44, 58-61
dientes, 8-12, 18, 21
diligencia, 48-49
doma, prueba de, 31, 59-61
Don Quijote, 42
Dülmen, pony, 36

E

Enrique VIII, 45
Eohippus, 8
Equidae, 6, 8, 10, 12
Equus, 6, 8-9, 20-21, 24
Escuela Española de Equitación, 40
espuela de aguijón, 30
espuela de rodela, 30
espuelas, 30, 42-44
esqueleto, 10-11, 21
estribos, 30-32, 34, 40, 42-43, 56-57, 59, 62
evolución, 8-9
excursiones a caballo, 60
Exmoor, pony, 20

F

Falabella, 40-41
Fell, pony, 36, 62
feria de caballos, 39
filete, 31
Frisón, caballo, 41
fósiles, 8-9, 20

G

galera, 35
garañón, 27
gauchos, 35
Genghis Khan, 32
gestación, 14, 24
ghor-khar, 17
granja, trabajo de, 6-7, 50-51
Güeldrés holandés, 35, 40
guerra, 22-23, 27, 32, 42-45
Guillermo el Conquistador, 31
Guillermo IV, 42
gymkhana, 59

H

Halcón Negro, jefe, 34
Halflinger, pony, 38, 51-52
herrador, 28-29
herraje, 28-29, 32, 35, 48
Herring, John, 39
Hipparion, 8
Hippidion, 8
hipposandalia, 29
hocico, 6-7, 15, 18, 20, 25, 40
Homero, 26, 58
huesos, 8-11, 21
Hyracotherium, 8-9

I

Indios norteamericanos, 30, 36, 46, 48, 56-57
Innes, George, 48
irlandés de tiro, caballo, 47, 58
Isabel I, 46
Isabel II, 42
islandés, pony, 12
italiano de tiro pesado, caballo, 41

J

jinetes escitas, 30, 32, 34
juego con herraduras, 29
jumenta, 24
justas, 44-45

K

khur, 17
kiang, 16-17
Konik, pony, 20
kulan, 7, 12, 17

L

Lady Godiva, 46
Lippizano, 31, 40

M

manchas en las patas, 33, 38, 40, 47
manchas faciales, 6, 34, 37, 40, 46, 57
mano (de alzada), 7
Marc, Franz, 41
marcas, 23
Marco Polo, 32
Marengo, 42
media-sangre danés, 40
Merychippus, 8
Mesohippus, 8-9
mina, pony para el trabajo en la, 52, 63
moteado, pelaje, 41
mulo, 12, 18, 25-27, 34, 43-46, 50, 53
Mustang, caballo, 36-37

N

nacimiento, 14-15
Napoleón, 42
negro, color, 41, 55
New Forest, pony, 37
Nonius, caballo, 38

O

Oldenburg, caballo, 40
onagro, 7, 12, 16-17
Onohippidium, 8
órgano de Jacobson, 13

P

Palio, carrera, 58
Palomino, color, 14, 38, 57
Parahippus, 8
pardo, color, 38, 40
pasos, 61
Pegaso, 22
Percherón, caballo, 50-51
Perissodactyla, 6
picazo, color, 36, 41
Pinto, pony, 37, 41
Pliohippus, 8
policía, caballos de la, 54, 56
polo, pony de, 40, 59
Pony Express, 62
potrillo, 7, 10-11, 14-15, 24
Przewalski, caballo, 13, 20-21, 36
puntos del caballo, 6
pura sangre (Thoroughbred), 38, 54, 59, 62
pura sangre irlandés, 58
pío, color, 36, 39, 41, 56

Q

quagga, 18-19
queratina, 28

R

Remington, Frederic, 57
resistencia, prueba de, 59-60
Revere, Paul, 57
Ricardo Corazón de León, 44-45
riendas, 24-26, 30-31, 33-34, 39, 42, 48-49, 58-59, 62

Rocinante, 42
rodeo, 56-57
ruano, color, 41
Ruta de Obregón, 35

S

salvaje, caballo, 20-21, 36-37
samurai, 44
San Cristóbal, 47
San Jorge, 33
semental, 12-14, 26-27, 33, 38-40
Shetland, pony, 6, 41, 62-63
Shire, caballo, 7, 15, 28-29, 40, 5-51, 53
silla de montar, 30-32, 42, 45, 51; femenina, 30-31, 59; inglesa, 58; del Oeste, 56-57, 59
Standardbred americano, 60
Stubbs, George, 10-11
Suffolk Punch, 51

T

tala, 51-52
tambor, caballo del, 42
tarpan, 20
tordo, color, 38-40, 51, 55; rodado, 38-39, 50, 58
transporte, 32, 46-56
trotador francés, 38
trotador Orlov, 38
Turpin, Dick, 46
tiovivo, 63

U

unicornio, 7, 42

V

vaqueros, 35, 56-57
vehículos, 34-35, 46-49, 54-55
vikingos, 32

W

Wells Fargo, 49

Y, Z

yegua, 12-14, 26
zaíno, color, 41
zedonk, 19

Iconografía